Impressum

Alle Rechte am Werk liegen beim Autor
J.; Jaliah
El Puerto – Der Hafen 3
Gefährliche Geheimnisse

Berlin, Juli 2016
Erstauflage
Lektorat: Günter Bast, Theresa, Sirin
Cover/Bildgestaltung: Klaud Design – Marie Wölk

Covermodel El Puerto 4: Yves Len Unser
Facebook: Yves-Len Unser, Instagram: yvesunser

Herstellung und Verlag:
BoD - Books on Demand, Norderstedt

ISBN 978-3-7412-3686-0
www.jaliahj.de

El Puerto

Der Hafen 3

Gefährliche Geheimnisse

von

Jaliah J.

Los Puentes

Gonzales & Anna   Bruno † & Maria   Rubén & Ama †

Vidal & Elian   Dante & Suela   Dalila, Delicia & Benito

Sergio † & Valentina   Paol †   Nora †

Ponce (CUCA), Piero † & Paolo †   5 Söhne die die Geschäfte im Ausland leiten

Weitere wichtige Personen

Aaron - Vidals bester Freund
Nacho - Verräter der Cinco Sombras

Cinco Sombras

Ramiro & Leire †   Ramiro & Angelina †   Rehan & Eva †

Alejandro, Santos & Ponce   Belinda   Levi

Raul † & Alicia   Rafael † & Pilar †   Rosa †

Roman & Alena   Adrian †

Weitere wichtige Personen

Suerte - Guter Freund der Familie

Aus einer kleinen Idee ist mittlerweile der dritte Teil einer neuen Buchreihe entstanden, die mich selbst fesselt und in die immer neue Facetten eindringen, die euch alle hoffentlich genauso in den Bann ziehen wie mich selbst.

Es wird wieder spannend und wie immer gilt:

'Wenn du Puerto Rico einmal in dein Herz geschlossen hast, wird es dich nie wieder loslassen!'

El Puerto - Der Hafen 1   Ein Neuanfang

El Puerto - Der Hafen 2   Geliebter Feind

El Puerto - Der Hafen 3   Gefährliche Geheimnisse

»Wo hast du mein Springseil gesehen?« Belinda folgt dem älteren Jungen in das Spielhaus, sie ist nur zum Spielplatz zurückgekommen, weil sie ihr Springseil verloren hat.

Als vorhin die älteren und dummen Kinder aus der Parallelstraße auf den Spielplatz gekommen sind, ist sie sofort mit ihrer Freundin gegangen. Sie mögen diese wilden Kinder nicht. Die Mädchen ärgern alle und die Jungen prügeln sich ständig.

Sie hat aber ihr Springseil verloren und musste zurückkommen und es suchen und ist dabei den Kindern aus dem Weg gegangen, bis der Gröbste der Jungen sie angesprochen hat und ihr, nachdem sie ihm gestanden hat, was sie sucht, erzählt hat, er habe ihr Springseil gefunden und sie solle ihm folgen. Aber jetzt, als er sie ins kleine Spielhaus bringt, wird sie doch misstrauisch.

»Wo soll das hier sein?« Sie stehen in dem kleinen Haus und der Junge grinst zufrieden. Er hat einen abgebrochenen Zahn.

Belinda erinnert sich an den Sommertag, als das passiert ist, es scheint ihm heute genauso wenig wie damals etwas auszumachen. Er zieht aus seiner Jackentasche ihr Springseil und hält es hoch. »Was bekomme ich als Finderlohn?«

Belinda will ihm das Springseil aus der Hand nehmen, doch er hält es zu hoch und sie kommt nicht heran. »Was soll das, gib mir sofort mein Springseil zurück!«

Der Junge zieht amüsiert an ihrem langen geflochtenen Zopf. »Erst wenn du mir einen Finderlohn dafür gibst, sonst schmeiße ich es auf die Müllkippe von Mister Reyland.«

Belinda stockt, niemand traut sich auf das Grundstück von Mister Reyland, er hat mehrere gefährliche Hunde, die schon mal einen Menschen halb aufgefressen haben sollen. »Na siehst du, geht doch, guck, es geht auch ganz schnell.« Ehe Belinda blinzeln kann, hat sich der freche Junge vorgebeugt und ihr einen Kuss auf den Mund gedrückt.

Belinda sieht ihn empört an und wischt sich angeekelt den feuchten Geruch von Fisch vom Mund. Sie kommt nicht einmal dazu, etwas zu sagen, da merkt sie, dass sich unten alle Kinder versammelt haben und zu ihnen nach oben starren.

»Belinda ist in Stewart verliebt, sie k-ü-s-s-e-n sich!« Belinda blickt erschrocken in die belustigten Augen der anderen und hört Steward neben sich lachen. »Sie wollte unbedingt ...« Belinda kneift wütend die Augen zusammen.

Sie ist ein ruhiges und braves Mädchen, würde nie etwas machen, was jemand anderen verletzen könnte, sie will niemandem etwas Böses, doch manchmal, ganz selten, wird sie so wütend wie jetzt und dann spürt sie, dass eine Hitze in ihr hochkommt, die sie gar nicht richtig kontrollieren kann.

Ohne groß darüber nachzudenken, tritt sie Steward gegen das Schienbein und entreißt ihm gleichzeitig das Springseil. »Ich küsse keine Stinktiere!« Belinda rennt. Sie ist nicht besonders schnell, doch sie weiß, was passiert, wenn die anderen sie erwischen. Sie springt die Treppen hinunter.

»Haltet sie fest!« Wenn man auf die Stimme von Steward hört, scheint sie ihn hart getroffen zu haben.

Belinda rennt ohne sich umzublicken durch den Sand, vorbei an Müttern mit ihren Babys auf dem Arm, zum Ausgang. »Na warte, wenn ich dich erwische.« Sie hat offenbar einige abgehängt, doch sie traut sich noch nicht, ihre Geschwindigkeit zu reduzieren oder sich umzudrehen.

Ihre Freundinnen hatten auch schon Ärger mit den frechen Kindern und Belinda erinnert sich, was sie immer sagen. »Ich hole meine Brüder!« Sie dreht sich immer noch nicht um. »Du hast gar keine, du Angsthase!«

Belinda rennt weiter, auch wenn sie weiß, dass sie die anderen abgehängt hat und Tränen steigen in ihr hoch. Wie soll sie jetzt jemals wieder auf den Spielplatz gehen? Sie wünschte, sie hätte wirklich Brüder, die sie holen könnte.

Ihre Freundin Natalja hat einmal ihren älteren Bruder geholt, der schon auf die Oberschule geht und seitdem lassen alle Kinder sie in Ruhe.

Belinda rennt nach Hause und stoppt erst, als sie in der Küche auf ihre Mutter trifft, die gerade Spaghetti zubereitet. »Da bist du ja, mein Engel. Hast du …« Als sie Belinda ansieht, stockt sie. »Ist alles in Ordnung?«

Belinda legt ihr Springseil auf den Tisch. »Ich wünschte, ich hätte große Brüder, die für mich die blöden Jungs aus der Parallelstraße verprügeln könnten.« Ihre Mutter schmunzelt und widmet sich wieder den Nudeln. »Dafür brauchst du keine Brüder, wenn du willst, können wir nach dem Essen mal auf den Spielplatz gehen und ich kann mit den Kindern sprechen und versuchen …«

Belinda nimmt einen Schluck Wasser. »Nein, wehe Mama, das geht nicht. Wer holt denn noch seine Mutter? Werde ich vielleicht noch mal Brüder bekommen? Der Mann aus deinem Büro, der letztens hier war und Briefe vorbeigebracht hat, war doch ganz nett.«

Nun wendet sich ihre Mutter ganz um und lächelt mild. Sie hatten das Thema schon öfter.

»Nett sein reicht dafür nicht und ich finde es schön, so wie es ist, wir müssen zum Beispiel mit niemandem unsere Spaghetti teilen.« Belinda murrt unzufrieden, sagt aber nichts mehr dazu, ihre Mutter weiß, wie gern Belinda alles, was sie hat, teilen würde, wenn sie ein Geschwisterchen bekäme.

Ihre Mutter stockt einen Augenblick und sieht sie schweigend an, dann lächelt sie.

»Aber ich bin mir sicher, dass wenn du große Brüder hättest, sie die stärksten und besten Brüder der Welt wären!«

Kapitel 1

Belinda kann sich noch genau an das Lächeln ihrer Mutter erinnern.

Sie sieht auf die Stadt Portland, die sich unter ihnen auftut. Jetzt mit ihrem Wissen heute, kann sie erahnen, an was ihre Mutter damals gedacht haben muss, sie wusste ja genau, dass es Alejandro und Santos bereits gibt und vielleicht wusste sie auch von Ponce.

Dass Belinda jetzt aber gerade mit einem von ihnen im Privatjet von Puerto Rico nach Portland unterwegs ist, hätte sie sicherlich nicht gedacht.

Zumindest wusste Belinda damals schon, dass Männer Ärsche sind, doch sie musste noch von Lewis und nun von Vidal lernen, um es auch wirklich zu begreifen.

Während sie die Regentropfen an der Scheibe betrachtet, die sich immer heftiger bilden, je näher sie dem Boden kommen, muss sie unwillkürlich an Vidal und die dunkelhaarige Schönheit denken, die jetzt gerade sicherlich ihren Spaß haben werden.

Sie zwingt sich, an etwas anderes zu denken, doch sie spürt noch immer Vidals fordernde Lippen auf ihrer Haut und kann nicht begreifen, dass schon so schnell eine andere Frau dasselbe spüren wird.

Sie hört, wie Alejandro das Telefonat beendet und wieder aus dem Badbereich des Fliegers kommt. Sie hat den größten Teil des Fluges verschlafen und seitdem sie wach ist, war Alejandro am Telefon.

Er hat mit ihrem Vater gesprochen und auch mit anderen Leuten, für sie für zwei Tage Hotelzimmer reserviert und einen Mietwagen zum Flughafen geordert. Sie hatte die ganze Zeit das Gefühl, er könne sie nicht einmal ausstehen und jetzt benimmt er sich, als wäre es das Selbstverständlichste der Welt, hier bei ihr zu sein.

Belinda reibt sich die Stirn, sie weiß einfach nicht mehr, was sie machen oder denken soll.

Alejandro kommt zurück und sieht ganz anders aus. In Puerto Rico trägt er nur Shirts, Jeans, Shorts, sie hat ihn mal im Anzug gesehen, doch jetzt hat er sich eine hellblaue Jeans, eine schwarze Kapuzensweatjacke und eine schwarze Lederjacke übergezogen, da in Portland ja ein anderes Wetter herrscht.

Ihr Bruder ist ein hübscher Mann, er hat die gleichen mandelförmigen Augen wie ihr Vater und sie, nur dass ihre im Gegensatz zu denen der beiden heller sind. Dazu hat er den gleichen Leberfleck auf der Wange und genau wie Ponce die Grübchen beim Lachen. Santos hat ein Grübchen auf der rechten Wange und auch den Leberfleck. Man kann nicht abstreiten, dass sie alle Ähnlichkeiten haben.

Alejandro blickt zu ihr, er greift nach seiner Waffe und steckt sie sich in den Hosenbund, dann lässt er wieder die Sweatjacke und die Lederjacke darüber gleiten. Belinda spürt, dass sie gleich landen und sieht entsetzt zu ihrem älteren Bruder und der Waffe. »Wir sind hier in Portland und nicht mehr in Puerto Rico!«

Sie flüstert ihm die Worte zu, Alejandro schmunzelt und nickt zu ihren Koffern, schon die ganze Zeit sieht er dahin, er hat natürlich gemerkt, dass sie alles mitgenommen hat. Sie hat nicht vor, Portland wieder zu verlassen.

»Genau, also zieh dir lieber etwas über.« Belinda sieht an sich herunter, sie trägt noch immer das weiße Häkelkleid und die Stoffballerinas. »Ja, mache ich, aber du kannst hier keine Waffen mitnehmen. Wir sind hier in ...«

Alejandro tritt zu ihr und hält ihr seine Hand hin, als sie danach greift, hilft er ihr auf und sieht sie noch immer ziemlich amüsiert an. »Es ist egal, wo wir sind, wir leben nach unseren eigenen Gesetzen und Regeln.«

Belinda kneift die Augen zusammen, öffnet aber einen ihrer Koffer und holt sich einen leichten weißen Strickpullover, eine Jeans und einen dünnen Mantel heraus, dazu die Sneakers, die sie auch getragen hat, als sie nach Puerto Rico gekommen ist. »Ich hoffe, das weiß auch die Polizei hier, das mit euren eigenen Gesetzen.« Alejandro lacht und geht nach vorn zum Cockpit. »Das wissen alle!«

Sie zieht sich im Bad um und sieht danach in den Spiegel. Hat sie sich verändert, seitdem sie Portland verlassen hat?

Sie hat eine stärker gebräunte Haut, ihre Haare sind durch die Sonne aufgehellt und sie sieht allgemein gesünder aus, doch innerlich ist sie noch immer Belinda. Es ist merkwürdig, sie hat das Gefühl, die letzten Wochen haben ihr gesamtes Leben auf den Kopf gestellt, doch man sieht ihr das Gefühlschaos nicht an.

Sie flechtet ihren Zopf nach und geht dann wieder nach draußen, als sie gerade landen. Belinda setzt sich neben Alejandro und atmet tief ein, als sie wieder auf dem Boden von Portland aufkommen. Sollte sie nicht glücklicher darüber sein? Es fühlt sich ganz und gar nicht so gut an, wie sie es erwartet hatte.

Belinda ist schon einige Male geflogen, natürlich nie mit einem Privatjet, doch sie ist sich absolut sicher, dass es trotzdem nicht normal ist, dass sie aus dem Flieger steigen und direkt vor ihnen ein schwarzer Mercedes steht. Es gibt für sie keine Kontrollen oder Durchsuchungen.

Sie steigen ein und da Belinda als erstes zu April in die Boutique möchte und die gerade ihren Laden aufgemacht haben muss, gibt sie in das Navi zuerst diese Adresse ein, da Alejandro am Steuer sitzt.

Alejandro bittet Belinda, auch Lewis anzurufen und ihm zu sagen, dass sie da ist und ihn in zwei Stunden im Büro treffen möchte. Belindas Herz schlägt nach dem Anruf schneller. Natürlich hat er sofort zugesagt, es wirkt fast so, als hätte er gar nichts anderes erwartet, als dass Belinda einknickt, doch Belinda macht sich einfach nur Sorgen wegen Alejandro und erklärt ihm noch einmal, dass Lewis ein Anwalt ist und man ihn weder sehr schnell einschüchtern kann, noch es probieren sollte.

Alejandro ignoriert ihre Warnungen und regt sich lieber über das Wetter und den Verkehr auf, fast schon wie um Belinda abzulenken, fragt er sie schließlich über April und ihre Freundschaft aus. Belinda beginnt augenblicklich zu schwärmen, für sie ist April der beste Mensch der Welt und sie hat sie wirklich vermisst. Deswegen wird sie auch immer hibbeliger, als sie in die so vertraute Gegend kommen.

Es wirkt alles so vertraut und doch so fremd, Belinda muss sich immer wieder sagen, dass nicht die Stadt sich verändert hat, sie ist es, die eine Veränderung durchgemacht hat.

Es dauert, bis sie einen Parkplatz gefunden haben und als sie dann endlich in Aprils kleines Reich eintreten, kreischt diese auf und schon liegen sich die besten Freundinnen im Arm.

Wie sehr Belinda das vermisst hat.

»Oh mein Gott, du bist ja noch hübscher geworden, Puerto Rico steht dir.« Belinda muss lachen und sieht April ins Gesicht. Sie hat schon fast vergessen wie hübsch ihre beste Freundin ist.

Ihre Haare sind wieder glatt und reichen ihr fast bis zu den Ellenbogen. Ihre dunklen Augen sehen sie forschend an und ihre kleine Stupsnase kräuselt sich, als sie herzhaft zu lachen beginnt. April war und ist ihr Topmodel. »Ich habe dich vermisst, meine Süße, jetzt bleibst du aber hier, oder habe ich das falsch verstanden?«

Alejandro hinter ihnen räuspert sich und Belinda tritt zur Seite. »Das besprechen wir später, April, das hier ist Alejandro … mein Bruder. Ich habe dir ja schon ein wenig von ihm erzählt.« April ist ein herzlicher Mensch und es wundert Belinda überhaupt nicht, als sie Alejandro umarmt und sich an ihn drückt, auch wenn man ihm ansieht, dass es ihn sehr wohl überrascht.

»Du hast ja gar keine Vorstellungen, wie sehr ich mich freue, endlich jemanden aus Belindas Familie kennenzulernen.« Sie zieht sich zurück und sieht ihm ins Gesicht. »Ihr habt Ähnlichkeiten, wie schön, dass Belinda endlich ihre Familie gefunden hat.«

Alejandro lächelt nur leicht, man sieht ihm an, dass es ihm unangenehm ist und er froh ist, als sie sich zusammen an den Tresen setzen und April ihnen allen etwas zu trinken bringt.

Belinda bittet sie, ihr noch einmal genau zu erzählen, wie das mit Lewis gekommen ist und wieso er jetzt darauf kommt, April zu pfänden. Sie kennt die Geschichte schon, doch sie sieht ganz genau die Neugierde im Gesicht ihrer besten Freundin, aber das Letzte, was sie gebrauchen kann, ist es, dass sie jetzt anfängt, Belinda über Vidal auszufragen, vor Alejandro.

April wird sofort nervös, sie wirft sogar fast ihr Glas um und Belinda sieht sie verwundert an, wahrscheinlich hat die Drohung von Lewis, ihr die Boutique zu nehmen, sie stark belastet. Belinda weiß, wie sehr April an der Boutique hängt, sie hat alles dafür gegeben, jeder Cent steckt in dem Laden. April erzählt etwas stockend, was für Terror Lewis betrieben hat, auch gestern war er sogar noch am späten Abend da und ist noch wütender geworden, nachdem April ihm versichert hat, dass Belinda kommt.

Er denkt, sie wollen ihn nur hinhalten. »Na ja, wir werden ja sehen, was er nach unserem Besuch sagen wird.« Belinda und April tauschen besorgte Blicke, während Alejandro unbeeindruckt denkt, man könne Lewis einfach so drohen. Belinda kennt ihn, er fühlt sich durch so etwas nur noch mehr herausgefordert.

Sie lassen das Thema aber erst einmal sein, da Aprils neue Aushilfe hereinkommt und April sie vorstellt. Sie arbeitet jetzt schon ein paar Tage bei ihr im Laden und April ist absolut zufrieden, was Belinda freut, da sie weiß, wie lange April schon nach einer vernünftigen Aushilfe gesucht hat.

Belinda kennt Aprils Männergeschmack und ihr entgehen nicht die Blicke, die sie Alejandro immer wieder zuwirft. Leider hat auch ihre beste Freundin meistens genau wie sie Interesse an Männern, die nicht gut für sie sind.

In den paar Wochen, die Belinda jetzt Alejandro erlebt hat, hat sie ihn mit einigen Frauen gesehen, er wird sicherlich nicht abgeneigt gegenüber April sein, kein Mann wäre das, doch Belinda bezweifelt, dass es ihrer besten Freundin etwas bringen würde, zumindest nicht mehr als ein kurzes Abenteuer.

Sie müssen los und verabreden, dass sie April nach dem Treffen mit Lewis zum Mittagessen abholen werden. Belinda gibt ihr auch die Adresse des Hotels, da gerade bei April auch noch die Freundin ihres jüngeren Bruders eingezogen ist, wird es sicher besser sein, wenn sie sich später dorthin zurückziehen und das möchte Belinda unbedingt, sie kann es nicht erwarten, sich endlich alles von der Seele zu reden.

Doch zuerst fährt sie mit Alejandro zu dem ihr so vertrauten Gebäude, in dem Lewis arbeitet. Belinda wird immer nervöser, im Fahrstuhl blickt Alejandro sich zu ihr um und schüttelt belustigt den Kopf. »Du bist eine Sombras, versuche wenigstens so zu tun, als hättest du die Kontrolle über die Situation.«

Belinda atmet tief ein, sieht in den Spiegel und stellt sich neben Alejandro. »Okay, ich versuche es!« Ihr Bruder schmunzelt, sagt aber nichts mehr, als sie zusammen zu der Sekretärin von Lewis vortreten.

Lewis ist durch und durch ein Anwalt, auch am Wochenende hat sein Büro geöffnet. Die Sekretärin sieht unsicher zu Alejandro und nimmt den Hörer in die Hand, um zu fragen, ob es in Ordnung ist, wenn die beiden ins Büro kommen. Man hört sofort, wie gierig Lewis gleich sagt, dass sie zu ihm herein sollen, er hat wahrscheinlich vollkommen überhört, dass Belinda nicht allein ist, doch ihr kann es nur recht sein.

Vor der Tür des Büros hält Alejandro sie allerdings am Arm zurück. »Warte hier draußen!« Belinda hat nicht einmal die Chance zu widersprechen. Alejandro tritt ins Büro und sie hört nur ein verwundertes »Wer sind sie?«. Die Tür geht zu und Belinda bleibt unsicher davor stehen.

Soll sie Alejandro wirklich vertrauen, dass er weiß, was er da tut? Sie hört ein Quietschen und ein Poltern im Büro und setzt sich schnell auf die Couch davor. Es bleibt ihr offenbar zur Zeit keine andere Wahl.

Es ist mindestens fünf Minuten nichts zu hören und Belinda kämpft gegen den Drang, einfach ins Büro zu stürmen, dann geht die Tür auf und Lewis bittet sie hinein. Er ist ganz blass und völlig fahrig. Er stößt sich das Knie, als er sich zurück an den Schreibtisch setzt und zieht einige Unterlagen heraus.

»Hier Belinda, entschuldige bitte die Unannehmlichkeiten, ich habe hier ein Schreiben aufgesetzt, zusammen mit deinem Bruder, dass versichert, dass du mir nichts schuldest und ich ab jetzt einen respektvollen Abstand zu dir wahre.«

Belinda sieht zu Alejandro, der ganz entspannt neben ihr sitzt und ihr andeutet, sich das Papier anzusehen. Belinda greift danach, überfliegt es und sieht wieder zu Lewis, so hat sie ihn noch nie erlebt. »Du weißt ja, dass ich Familie habe, Belinda und …« Nun wird sie doch sauer und legt das Papier zurück.

»Natürlich weiß ich das, aber was ist mit dir? Wieso das Ganze, wenn du jetzt an deine Familie denkst? Wieso wolltest du mich zwingen zurückzukommen, weshalb drohst du April? Du hast mir nach dem Tod meiner Mutter und Laura deine Hilfe angeboten und nur, weil ich dafür nicht mit dir ins Bett gegangen bin, wolltest du dich jetzt rächen? Das ist selbst für dich widerwärtig.«

Lewis nickt nur. »Ich weiß und es tut mir leid. Ich schwöre, dass ich dich nie wieder belästigen werde und alle Schritte, die ich einleiten wollte, zurückziehe.« Belinda ist etwas verwundert, noch nie hat sie miterlebt, dass Lewis klein beigibt, doch gleichzeitig genießt sie diesen Triumph auch und streckt ihre Nase höher.

»Das will ich hoffen, Lewis, ich habe keine Zeit für deine kranken Spielchen, und wie du jetzt mitbekommen hast, habe ich einen Teil von mir entdeckt, mit dem du dich garantiert nicht noch einmal anlegen möchtest, also überlege dir das nächste Mal genau, was du tust, bevor du wieder Langeweile bekommst!«

Sie steht auf, auch Lewis und Alejandro erheben sich. »Ja, das werde ich!« Belinda wirbelt herum und um ihren Abgang noch perfekt zu beenden, knallt sie die Tür zu, nur ein wenig, sie möchte niemanden stören, doch immerhin knallt es so viel, dass die Sekretärin aufsieht. Erst draußen sieht sie zu ihrem Bruder, der nun ein echtes Grinsen im Gesicht hat und ihr den Arm umlegt.

»Da ist sie, hinter all dem guten Benehmen und leisen Worten habe ich meine kleine Sombras-Schwester gefunden! Das war gut, du musst noch viel lernen, aber das war nicht schlecht für den Anfang.«

Belinda muss leise lachen, doch sie genießt den Augenblick, sie steigen in den Fahrstuhl. »Was hast du getan? Wie hast du ihn dazu bekommen, so ... einsichtig zu werden.« Alejandro lacht und drückt den Knopf nach unten. »Das ist harte Arbeit, du musst alles Schritt für Schritt lernen, doch du hast drei Brüder, du musst dir mit so etwas gar nicht erst die Hände schmutzig machen.« Belinda kann nicht anders, sie lächelt Alejandro aus vollem Herzen an, als sie den Stolz in seinen Augen erkennt.

Alejandro muss sich mit irgendwelchen Geschäftspartnern treffen, die anrufen, nachdem sie erfahren haben, dass er gerade da ist. Die Geschäfte ihrer Familie scheinen viel weiter zu reichen, als sie es gedacht hat. Da April noch nicht aus dem Laden weg kann, holt sich Belinda ihr Auto und fährt zum Friedhof. Sie war zu lange nicht mehr hier, April hat sich gut um die Gräber gekümmert, trotzdem kauft Belinda viele neue Pflanzen und macht alles schön.

Gedanklich spricht sie mit beiden, mit ihrer Mutter und Laura. Sie denkt an ihren Vater und schickt diese Bilder in Gedanken an sie weiter, nun weiß sie ja, wie viel die beiden sich bedeutet haben, es tut ihr richtig gut, dort zu sitzen, die schönen Blumen zu pflanzen und sich über alles Gedanken zu machen. Sie spürt nach und nach einige Lasten von ihren Schultern fallen.

Alejandro legt auf, Belinda geht nicht an ihr Handy. Er hält vor dem Geschäft ihrer Freundin und sieht dort nach, doch außer der Freundin und zwei Frauen, die wie Kundinnen aussehen, ist niemand da. April gibt gerade Rückgeld heraus und die zwei Frauen verlassen den Laden wieder.

»Hi, weißt du, wo Belinda steckt?« Alejandro muss zugeben, dass die Freundin seiner neu gefundenen Schwester sehr hübsch ist. Sie ist dunkel, nicht zu dunkel, ähnlich wie eine Latina, aber doch ganz anders, viel exotischer.

Sie hat ein wunderschönes Gesicht, große Augen, schöne Lippen, eine kleine Stupsnase und ein schönes Lächeln, ihre Figur ist perfekt, sie hat die richtigen Kurven an den richtigen Stellen. Als er sie heute Vormittag gesehen hat, war er ziemlich beeindruckt, doch das hat sich schnell geändert.

April sieht ihn aus ihren großen dunklen Augen an. »Sie hat mich vorhin angerufen, aber ich habe es nicht geschafft, frei zu machen. Ich werde erst in einer Stunde zumachen können, sie wollte so lange auf den Friedhof gehen, zum Grab ihrer Mutter.« Alejandro bittet April um die Adresse und gibt sie in sein Navi ein. »Was war mit Lewis ... Habt ihr es mit ihm klären können?« Sofort ist April wieder nervös und nun weiß er ja auch warum.

»Ja, das haben wir. Er wird Belinda nicht mehr zu nah kommen und dir auch nicht.« Alejandro ist schon halb aus dem Laden, da ist April plötzlich bei ihm und zieht ihn am Arm zurück. »Was hat er gesagt und hat Belinda das auch mitbekommen?« Alejandro muss lächeln, er weiß, dass es sicherlich nicht sehr freundlich rüberkommt und das soll es auch gar nicht.

»Nein, Belinda war draußen, doch ich weiß von dem Abkommen zwischen Lewis und dir.« April schüttelt den Kopf. »Das war kein Abkommen, er war wie gesagt noch mal hier und hat mir gedroht, mir alles wegzunehmen. Du ... weißt nicht, was mir all das hier bedeutet und Lewis ist zu allem fähig. Er hat mir dann angeboten, dass wenn ich einfach netter zu ihm sein würde, er es sich überlegen würde und wir uns so einigen könnten. Ich habe ihm gesagt, wie sehr er mich anekelt und dass ich so etwas nicht machen möchte, doch er hat mir klargemacht, dass ich nicht viel Wahl habe, wenn ich nicht alles verlieren möchte.«

Alejandro sieht der hübschen Frau in die Augen, wie schade es ist, dass die meisten Frauen, die so hübsch sind, keine Ahnung haben, wie viel Wert sie haben, auch bei seiner Schwester merkt er, dass sie gar nicht ahnt, welchen Wert sie hat und wie sie damit umzugehen hat. Bei Belinda kann er eingreifen, April geht ihn nichts an.

»Er hat mir gesagt, dass du es dir noch überlegen wirst, doch ich denke, jetzt wird er sich nicht einmal mehr in die Nähe des Ladens trauen ...«

April sieht ihm fest in die Augen. »Ich hätte das niemals getan, ich wusste im ersten Moment nur nicht weiter, bitte sag Belinda nichts davon. Sie soll nicht denken, dass ich ... so etwas tun würde.« Alejandro zuckt die Schultern. »Ob du es getan hättest oder nicht, lässt sich jetzt schwer sagen, das musst du mit dir selbst ausmachen und du musst das Belinda sagen, ich werde ihr nichts sagen, du musst wissen, wie wichtig dir diese Freundschaft ist.«

April umarmt sich selbst und Alejandro sieht auf ihre zarten Arme, sie trägt viele goldene Armbänder um einen Arm und es wirkt fast so, als wären sie zu schwer. »Du hast recht, danke Alejandro!« Er geht, doch bevor er die Tür schließt, dreht er sich noch einmal um.

»Es gibt eine Geschichte bei uns von einer Frau, die nichts, wirklich nichts hatte. Sie war die schönste Frau weit und breit und jeder Mann wollte sie haben, doch sie hatte nichts weiter als das kleine Haus ihrer Eltern und das Essen, was sie sich täglich aus der Natur beschaffte.

Jeder wusste, was sie für Angebote bekam, es kamen reiche Männer von überall her und versprachen ihr Luxus und alles, was man sich wünschen könnte, doch die Frau wies jeden ab. Irgendwann kamen die Frauen aus der Nachbarschaft und fragten sie, ob sie den Verstand verloren hätte, jeden Mann abzulehnen. Die Frau lächelte nur, sie war zufrieden und glücklich und ihre einzige Antwort darauf war:

'Ich habe nicht viel, doch was ich habe, ist meine Ehre, meinen Stolz und meine Würde und das gebe ich für kein Geld der Welt her.' Du bist auch eine wunderschöne Frau, April, behalte deinen Wert und deinen Stolz, selbst wenn du dann alles verlieren würdest.«

Alejandro geht hinaus und schüttelt ein wenig den Kopf, mehr gibt es dazu nicht zu sagen, er versteht Frauen einfach nicht.

Kapitel 2

»Hast du eine Idee, was zur Zeit mit Vidal los ist? Ich bin nicht das erste Mal mit ihm zusammen, doch dieses Mal ist er irgendwie … abwesend.« Camilla öffnet ihre Augen. Sie liegt mit der Bekannten von Vidal vorn auf der Jacht und lässt sich die Sonne auf den Bauch scheinen, nachdem sie lange im türkisfarbenen Wasser schwimmen waren und lecker gegrillten Fisch gegessen haben.

Dante hat einen Anruf bekommen und ist unter Deck gegangen, Vidal sitzt noch neben dem Koch, der zu ihnen an Bord gekommen ist und sieht aufs Meer, während er immer wieder ein paar Kleinigkeiten vom Grill gereicht bekommt.

Camilla wendet sich zu ihm um und sieht dann auf Estrell hinab, die neben ihr liegt und sich ebenfalls sonnt. »Was genau meinst du?« Natürlich ist Camilla aufgefallen, dass Vidal die Frau, die er mitgenommen hat, kaum beachtet, doch Dante hat ihr erklärt, Estrell wäre für Vidal nur ein wenig Zeitvertreib, mehr nicht, deswegen hat sie sich keine Gedanken gemacht.

»Ich bin gestern Nacht aufgewacht und habe ihn noch an Deck gesehen, er schläft wohl nicht gut?«, fragt Camilla. Estrell zuckt die Schultern. »Als er ins Bett kam, habe ich schon geschlafen und heute Morgen war er wieder weg, ich weiß nicht, ob er überhaupt geschlafen hat, aber ich meine, Vidal ist normalerweise fast unersättlich, aber momentan berührt er mich kaum. Er scheint gar nicht richtig anwesend zu sein.«

Dante und sie haben keinen Sex, doch selbst sie genießen sich und können kaum die Finger voneinander lassen. Camilla lächelt nur mild, sie kann sich denken, was los ist, doch offenbar ist sie die Einzige hier, die diese Gedanken zulässt.

»Ich weiß es nicht, Estrell, vielleicht hat er auch einfach zu viel um die Ohren. Ich bin mir sicher, er wird bald wieder der alte. Sag mal, kennst du eigentlich die Geschichte von dem Mädchen, mit dem Vidal mal zusammen war und wegen der er seinen Verstand verloren haben soll?« Estrell nickt, doch durch ihre Sonnenbrille kann Camilla nicht einmal erkennen, ob sie ihre Augen offen hat. »Ich kenne jemanden, der das Mädchen damals gekannt und alles mitbekommen haben soll. Das Mädchen hieß Anna und war ein einfaches Mädchen vom Land. Die Familie von dieser Anna hatte nichts mit den Familias zu tun, doch sie haben eher zu den Cinco Sombras gehalten als zu den Los Puentes.

Diese Anna und Vidal haben sich durch Zufall bei einem seiner Geschäfte am Hafen kennengelernt. Sie hat dort mit ihrer Schwester das Gemüse und Obst ihres Hofes verkauft, er hatte irgendwelche Dinge zu erledigen.

Anna soll Vidal sofort gefallen haben, sie war sehr hübsch, doch Vidal war damals fünfzehn, genau wie sie und hatte viele Mädchenbekanntschaften. Anna aber war das egal, sie hatte sich vom ersten Moment an unsterblich in Vidal verliebt.

Die Leute sagen, er wusste damals, dass er nicht gut für sie ist, da er zwar Gefühle für sie hatte, aber nicht einmal annähernd so wie Anna für ihn und er wusste, dass ihre Familie es bestimmt nicht gern sieht, wenn sie zusammen wären, er wusste, dass er sich lieber hätte fernhalten sollen.

Diese Anna soll wohl ziemlich hartnäckig gewesen sein und nicht aufgegeben haben, bis sie sich schließlich heimlich getroffen haben. Damals war noch Vidals Vater der Anführer, doch Vidal war bereit, in seine Fußstapfen zu treten. Die Sache zwischen den beiden ging wohl länger, knapp ein Jahr. Anna hat alles erduldet, seine Geschäfte, seine Verletzungen, seine Flirts mit anderen Frauen und auch das Gemeckere ihrer Familie, nachdem sie immer mehr mitbekommen haben, was da zwischen Anna und Vidal war.

Ich weiß nur, dass Annas Familie immer mehr Druck gemacht hat, Vidal wollte vernünftig sein und die Beziehung beenden, doch Anna war viel zu verliebt in Vidal und wollte ihn nicht gehen lassen.

Irgendwann hatte sich das Ganze zugespitzt, die Eltern von Anna haben den Kontakt zu Vidal komplett verboten und ihre Tochter in einer nächtlichen Aktion zu ihrer Großmutter ganz in den Westen gebracht, sie wussten genau, dass es das Gebiet der Sombras ist und Vidal es nicht betreten darf. Anna soll dreimal versucht haben zu flüchten, Vidal hatte wohl noch ein Gespräch mit Annas Vater, doch auch das hat nichts gebracht.

Als Anna gemerkt hat, dass sie keine Chance mehr hat und es wirklich vorbei ist, hat sie sich vom Dach des Hauses ihrer Großmutter gestürzt, sie war sofort tot. Es heißt, sie soll schwanger von Vidal gewesen sein, doch vielleicht wird das auch nur erzählt, um in die Geschichte mehr Dramatik zu bekommen.«

Camilla hat sich mittlerweile aufgesetzt und sieht zu Estrell, die noch immer ganz entspannt daliegt. »Und was hat Vidal dann getan? Ist er deswegen durchgedreht?« Estrell winkt schlapp mit ihrer Hand ab.

»Auch das wird übertrieben, klar, Vidal ist ausgerastet, er wollte nicht glauben, was passiert ist. Er ist auf das verbotene Gebiet gefahren und hat somit fast wieder einen neuen Krieg verursacht. Doch sein Vater hat ihn zurückgeholt und konnte den Anführer der Sombras wieder etwas beruhigen.

Dann soll Vidal auf Annas Familie losgegangen sein, ein Bruder und ein Cousin sind wohl im Krankenhaus gelandet, aber am härtesten hat er sich selbst bestraft.

Es hat ihn fertiggemacht, wie sehr Anna ihn geliebt hat und dass er sie zwar auch sehr gemocht und geschätzt hat, doch sie hätte dafür nicht ihr Leben aufgeben dürfen. Vidal hat sich geschworen, nie wieder eine Frau so nah an sich heranzulassen, weil er denkt, er könne noch ein Leben zerstören.

Er hat viele Frauen, behält aber immer einen emotionalen Abstand. Die Sache mit Anna ist so schrecklich geendet und er hat Angst davor, wie etwas enden könnte, wenn nicht nur die Frau

Gefühle hat, sondern wenn auch er irgendwann einmal das erste Mal richtig liebt, deswegen riskiert er das erst gar nicht.«

Camilla schlingt die Arme um ihre Knie. »Das kann man nicht aufhalten.« Estrell lacht leise und dreht sich auf den Bauch. »Vidal schon, glaub mir, es lässt keine Frau zu nah an sich ran, um an sein Herz zu gelangen, das haben schon so einige versucht.«

Camilla schüttelt den Kopf und sieht zu Vidal, der noch immer auf das Meer starrt, er wirkt ... wütend, unzufrieden und Camilla kann sich schon denken, was in ihm rumort.

Sie entdeckt ihr Handy vor ihm auf dem großen weißen Tisch und lächelt in sich hinein. Ohne weiter auf Estrell zu achten, steht sie auf und geht zu Vidal. Sie setzt sich neben ihn und lächelt, als er ihr zwei Fleischspieße anbietet, die gerade vom Grill kommen.

»Hier probier die, sie sind wirklich gut gewürzt.« Camilla probiert und nickt nach unten. »Ich wette, Dante ist eingeschlafen.« Vidal grinst und Camilla versteht, was Belinda an ihm findet. Er ist ein sehr hübscher Mann, auch wenn ihr Herz für Dante schlägt, muss sie das wirklich zugeben.

Camilla sieht auf ihr Handy und die Uhrzeit und seufzt leise. »Ach Mist, ich habe gar nicht mitbekommen wie spät es ist.« Sie drückt einige Knöpfe und ist froh, dass nur Belindas Anrufbeantworter angeht.

»Hi Belinda, meine Süße, ich bin noch auf der Jacht und versuche es einfach später nochmal.« In dem Moment kommt Dante nach oben und sieht zufrieden zu ihnen, Vidal versucht sich nichts anmerken zu lassen, doch Camilla hat ganz genau gespürt, wie er bei Belindas Namen leicht zusammengezuckt ist.

»Bist du eingeschlafen?« Dante setzt sich zu Camilla und zieht sie auf seinen Schoß, er gibt einen Kuss auf ihren Nacken. »Nein, nein, ich habe mich nur kurz ausgeruht.« Vidal steht auf. »Estrell, komm mal mit!« Estrell springt sofort auf und grinst bis über beide Ohren, als Vidal sie mit nach unten nimmt, aber auch Camilla kann sich ein Schmunzeln nicht verkneifen.

Sie hat lange genug gegen die Gefühle für Dante angekämpft, um genau zu wissen, dass man das nicht ewig durchhalten kann und Vidals Reaktion zeigt ihr genau, dass auch er das nicht lange können wird.

Als Belinda langsam zufrieden mit ihrem Werk ist und sich vom Boden erhebt, fängt es schon ein wenig zu dämmern an. »Hier bist du.« Sie schreckt zusammen, als plötzlich Alejandro auftaucht und sich bekreuzigt. Belinda sieht auf die Uhr, sie muss vollkommen das Zeitgefühl verloren haben.

»Du kannst mich doch nicht einfach so auf dem Friedhof erschrecken.« Belinda klopft sich die Hände ab und geht zu ihm. Er sieht auf die Gräber und dann zu ihr. »Ich glaube, ich erinnere mich an deine Mutter.« Belinda sieht ihn überrascht an, doch Alejandro blickt weiter auf das Grab.

»Ich weiß, dass mein Vater mich ab und zu mitgenommen hat, und ich erinnere mich an eine blonde Frau, die mir immer Eis gekauft hat. Ich war vielleicht drei oder vier, an viel erinnere ich mich nicht mehr, aber ich weiß zumindest, dass mein Vater damals sehr glücklich war.«

Belinda setzt sich auf eine Bank, die auf einem der Kieswege steht und sieht auch auf das Grab, Alejandro setzt sich zu ihr. »Ich kann mir gar nicht vorstellen, wie das für euch sein muss, jetzt mich vorgesetzt zu bekommen, dabei müsst ihr ja auch an eure Mutter denken, oder?«

Alejandro lehnt sich zurück. »Sie war glücklich mit meinem Vater, sie wusste sicherlich, dass er deine Mutter liebt, doch sie waren zusammen, sie hatten ihre Zeit und mein Vater hat sich gut um sie gekümmert. Ich habe mit Papa letztens auf der Fahrt darüber geredet, ob es für meine Mutter nicht schwer zu ertragen war, zu wissen, dass er eine andere Frau liebt.

Er hat mir erklärt, dass es so viele Arten gibt, wie man lieben kann und meine Eltern hatten ihre eigene, so wie mein Vater und deine Mutter ihre hatten. Deswegen ist es vielleicht für uns auch nicht schwer, das mit deiner Mutter zu akzeptieren, unsere Mutter war glücklich.

Als sie an der Lungenentzündung gestorben ist, war mein Vater an ihrer Seite, und selbst da wirkte sie ausgeglichen und zufrieden. Ich mache meinem Vater keinen Vorwurf wegen all dem und dir schon gar nicht, auch wenn ich zugeben muss, dass es merkwürdig ist.«

Belinda hat Alejandro vollkommen falsch eingeschätzt, sie ist dankbar dafür, dass er sie begleitet hat, da sie nun eine vollkommen andere Seite an ihm kennenlernt.

Er mag noch so hart sein, noch so gefährlich wirken und bestimmt auch sein können, doch er hat auch diese Seite an sich, die sie jetzt erst entdeckt, man kann sich wunderbar mit ihm unterhalten. Belinda hätte gedacht, er wäre sich zu schade dafür, sich mit ihr zu unterhalten, sie hatte das Gefühl, sie wäre ihm eher lästig.

»Deswegen hatte ich das Gefühl, du gehst mir aus dem Weg oder bist genervt von mir.« Alejandro sieht zu ihr. »Ich muss sagen, dass es für mich komisch war ... immer noch ist.

Plötzlich habe ich eine kleine Schwester und dann sieht sie mir auch noch so ähnlich. Ich wusste damit gar nicht umzugehen, weiß ich immer noch nicht richtig, aber als du zu mir gekommen bist und gesagt hast, du willst gehen, habe ich gespürt, dass du nicht wieder zurück nach Puerto Rico möchtest. Zumindest hatte ich das Gefühl.«

Belinda verschränkt ihre Hände und sieht darauf, um seinem Blick auszuweichen. »Ich weiß es nicht so genau, aber es war ja von mir nie geplant, für immer dort zu bleiben.« Auch wenn sie ihn nicht ansieht, spürt sie seinen Blick auf sich. »Aber was hast du gedacht, was passiert, wenn du deine Familie findest? Du redest mit ihnen, fliegst zurück und ihr schreibt euch eine Karte zweimal im Jahr?«

Belinda zuckt die Schultern. »Ich habe darüber nicht viel nachgedacht, ich habe nicht damit gerechnet, wirklich meinen Vater zu finden.« Alejandro zeigt auf das Grab.

»Das hast du aber und mehr als nur deinen Vater, du hast jetzt Brüder, Cousins und Cousinen, eine Familia und kannst einen komplett neuen Start machen. Ich meine, du musst uns doch auch die Chance geben ... dich richtig kennenzulernen.« Er zögert.

»Auch ich will mehr Zeit mit dir verbringen, alle wollen das, Alena hat noch einiges geplant. Unsere Brüder und ich können nicht so offen unsere Gefühle zeigen, genauso wenig wie unser Vater, aber ich sehe, wie viel es ihm bedeutet, dass du da bist und dass er dich kennenlernen kann.

Ich möchte dir nicht in deine Entscheidungen reinreden, aber wenn es hier außer April nichts gibt, was dich so unbedingt hält, dann bleibe doch einfach noch bei uns. Lerne deine Familie kennen.«

Nun sieht Belinda zu Alejandro und ihm in die Augen, die ihren so ähnlich sind. »Ich finde das Leben in Puerto Rico nur sehr ... anders und mich hat es sehr verwirrt. Die Waffen, die Feindschaften, das viele Geld, die vielen Leute ... ich bin all das nicht gewöhnt. In meinem Leben gab es immer nur meine Mutter, ihre Freundin, April und meine Arbeit, das war ziemlich überschaubar, im Gegensatz zu dem, was ich die letzten Wochen erlebt habe.«

Sie kann es nicht verhindern, dass sie einen Stich im Magen verspürt, als sie automatisch auch an Vidal denken muss. Sie kann in dem Moment vor ihrem inneren Auge sehen, wie er zärtlich von ihren Lippen ablässt, seine Hände über ihren Körper gleiten und er sie liebt, als wäre es das größte Geschenk für ihn, doch sie schüttelt diese Gedanken und Bilder sofort wieder ab.

Sie ist nicht nach Puerto Rico gegangen, um einen Mann kennenzulernen. Dafür dass sie Vidal getroffen hat und dass das, was sich zwischen ihnen aufgebaut hat, ihr nun zu viel bedeutet, kann sie jetzt nicht alles aufgeben.

Sie hat sich ihr Leben lang eine Familie gewünscht, nun hat sie diese und die möchte sie kennenlernen, wie sollte sie all dem keine Chance geben?

Wiederum, kann sie auf Dauer dieses Leben leben? Dieses Leben in einer Familia, das ihr so fremd ist? Sie weiß es nicht, aber vielleicht hat Alejandro auch recht und sie muss der ganzen Sache mehr Zeit geben, wie viele Jahre hat sie darauf gewartet? Was sind da ein paar Wochen mehr, die sie Zeit mit ihrer Familie verbringen darf?

»Ich verspreche dir, dass wir all diese Dinge so gut es geht von dir fernhalten, wir passen auf unsere Familie auf, es gibt nichts Wichtigeres für uns.«

Belinda lächelt und steht auf, sie wird sich das noch einmal überlegen, sie hat wahrscheinlich wegen Vidal überreagiert. Sie kann ihm auch in Puerto Rico aus dem Weg gehen und ihre Wunden heilen lassen, die diese kurze Affäre zwischen ihnen hinterlassen hat.

»Na dann solltest du dafür sorgen, dass deine kleine Schwester etwas zu essen bekommt, bevor sie verhungert.«

Santos hält vor dem Laden und bleibt eine Weile stehen, um Lilly am Tresen zu beobachten. Früher hat ihn das immer beruhigt. Wenn er aufgebracht war oder irgendetwas nicht gestimmt hat, hat er Lilly dabei beobachtet, wie sie alltägliche Dinge tut.

Ihre vertrauten Bewegungen, ihr ganzes Wesen hat ihn immer wieder beruhigt. Er muss feststellen, dass sein Herz sich auch jetzt noch beruhigt, wenn er sie dabei beobachtet, wie sie geduldig den kleinen Kindern vor dem Tresen ihre Süßigkeitentüten füllt und dabei immer wieder lächelt oder lacht. Sie reicht den Kleinen die Tüten und begleitet sie in Richtung Ausgang, dabei wuschelt sie einem von ihnen durch das Haar.

Santos hat das immer geliebt an Lilly, sie ist so anders, sein kleiner Schneeengel, wie er sie immer genannt hat, und doch war sie immer eine von ihnen. Sie ist trotz ihrer hellen Haut und den blonden Haaren immer eine von ihnen gewesen. Es gibt keinen Unterschied zwischen einer Puertoricanerin und ihr, nur das Äußerliche, ansonsten ist sie eine Puertoricanerin.

Die Kinder rennen los und Lilly sieht ihnen lächelnd hinterher, dabei streicht sie ihre langen Haare auf eine Seite, sodass ihr Nacken frei liegt.

Santos hat diese einfache Bewegung von ihr immer geliebt. Er reibt sich die Augen, was macht er sich vor? Sollte er gedacht haben, dass er jemals über diese Frau hinwegkommen würde, so hat er sich bitterlich getäuscht.

Lilly ist seine große Liebe, das wird sie immer bleiben. Doch an dem Tag, als er sie mit Nacho vorgefunden hat, hat er sich geschworen, auf die Liebe zu verzichten, und auch jetzt hat er nichts anderes vor.

Lilly hat ihn bemerkt und sieht ihm entgegen, dabei lehnt sie weiter an der Tür zu ihrem Laden. Sie weiß, was für ein stolzer Mann er ist und Santos kann nur hoffen, dass sie ihn nicht sofort wieder hinauswirft, irgendwann ist auch seine Geduld zu Ende. Ihr Blick ist kalt, wenn sie so zu ihm sieht, erkennt er sie kaum wieder.

Santos erinnert sich selbst, dass er nicht ihretwegen da ist und steigt aus.

»Was ist jetzt schon wieder?« Lilly verschränkt die Arme vor der Brust, Santos geht vorbei und zieht ihr dabei leicht an einer ihrer langen Haarsträhnen, sie hat das früher immer am allermeisten gehasst. »Auch wenn es für dich schwer vorzustellen ist, die Welt dreht sich nicht nur um Lilly!«

Ohne sie weiter zu beachten, geht er nach hinten, wo Lillys Mutter aufrecht auf dem Sofa sitzt und eine der typischen Soaps im Fernsehen ansieht. Sie hält sich die Atemmaske an die Lippen und Santos' Magen rumort bei ihrem Anblick.

»Hab ich doch richtig gehört, dass du es bist, mein Junge. Wie schön, dass du wieder da bist.« Santos spürt Lilly hinter sich. »Na wenigstens eine, die sich darüber freut. Bist du bereit für den Strand?«

Die Augen von Lillys Mutter werden sofort größer und beginnen zu strahlen. »Ist das dein Ernst? Zu dem Strand, wo wir früher immer waren?« Santos nickt und deutet nach draußen. »Die Sonne geht bald unter und ich dachte, wir könnten uns das zusammen ansehen, außerdem habe ich die Teigtaschen dabei, die meine Mutter früher immer gemacht hat, die, die du damals so gemocht hast.« Lillys Mutter lächelt glücklich. »Ich bin bereit, hilfst du mir auf?«

Eine vertraute Hand legt sich um Santos Arm. »Warte Mama, kommst du mal bitte kurz mit mir, Santos?« Schon ist die Hand wieder weg und Lilly stampft wütend hinaus. Santos sollte sich gar nicht erst auf diese Diskussion einlassen, trotzdem kann er nicht anders und folgt Lilly nach vorn, wo gerade ein junger Mann den Laden betritt.

»Es ist geschlossen, komm morgen wieder!« Lilly dreht sich empört zu Santos um. »Spinnst du? Wir haben nicht geschlossen, was ...« Santos reicht es, er geht zur Tür und deutet dem Kerl an zu verschwinden. Jeder kennt ihn und der Mann zögert keine Sekunde. Er geht und Santos dreht das 'Geschlossen'- und 'Geöffnet'-Schild so, dass niemand sie mehr stört.

»Sag mal, geht es dir noch gut? Wir brauchen das Geld, wir schließen nicht! Wie kommst du überhaupt dazu, solche Entscheidungen zu treffen und wieso machst du meiner Mutter Hoffnungen? Sie darf sich nicht überanstrengen und überhaupt, was ...« Santos baut sich vor Lilly auf.

»Sie möchte es, Lilly, du solltest ihr diesen letzten Wunsch erfüllen.«

Sie stockt und sieht zu Boden. Als sie wieder nach oben und in seine Augen sieht, hat sie Tränen in den Augen und schüttelt den Kopf. »Nein, sie ist nicht in der Lage, ich warte noch etwas und ...« Santos hebt die Hand. »Wie lange haben wir das bei meiner Mutter gesagt, Lilly? Weißt du noch, sie wollte einen letzten Abend, an dem alle zusammen sind und wir haben es immer wieder verschoben, bis alle Zeit hatten, bis es ihr etwas besser gehen würde, bis das Wetter ... Meine Mutter hat diesen Tag nie bekommen.

Ich werde deiner Mutter diesen Wunsch erfüllen, komm mit oder bleib hier, mir ist das egal!« Lilly wischt sich Tränen weg, Santos sieht weg, er konnte sie noch nie weinen sehen und wendet sich an ihre Mutter in dem anderen Raum.

»Es geht los!«

Kapitel 3

»Es sieht alles genauso aus wie früher, manche Dinge ändern sich nie.« Santos hilft Lillys Mutter aus dem Auto, es ist sehr schwer, sie ist noch schwächer als Santos es vermutet hat. Lilly steigt auch aus, den ganzen Weg bis zu diesem Strandabschnitt saß sie schweigend neben ihrer Mutter, der zu allem, woran sie vorbeigefahren sind, Erinnerungen gekommen sind, die sie ihnen mitgeteilt hat.

Wieder einmal wurde klar, wie verbunden Santos mit Lilly und ihrer Familie ist, in jeder Erinnerung war er dabei oder zumindest irgendwie ein Teil davon.

»Alles ändert sich, Mama, so ist der Lauf des Lebens.« Lilly steigt ebenfalls aus. Natürlich wissen sie alle, dass Lilly und ihre Mutter von ganz unterschiedlichen Dingen sprechen, doch keiner sagt mehr etwas dazu.

Lilly hilft ihrer Mutter, die Schuhe auszuziehen und läuft langsam mit ihr zum Meer, während Santos eine Decke und eine Tasche mit Getränken und den Teigtaschen aus dem Auto holt und ihnen folgt. Er kommt vor ihnen an und breitet die Decke für sie aus, sodass sie, wenn sie die Füße ausstrecken, das Meer spüren können. Er hilft der Mutter dabei, sich zu setzen, Lilly bindet ihr das Kopftuch wieder richtig um.

Santos legt seine Waffe beiseite und setzt sich zu Lillys Mutter, er zieht sich auch die Schuhe aus und lehnt sich zurück. Die Hitze des Tages ist vorbei und es weht ein leichter Wind, die Sonne senkt sich langsam und das Meer liegt still vor ihnen. Lilly umschlingt ihre Knie und stützt auf denen auch ihren Kopf ab. Sie sieht aufs Meer und einen kurzen Augenblick ist es ganz still, Lillys Mutter, die zwischen ihnen sitzt, schließt die Augen.

»Es ist so schön hier. So viele Erinnerungen tragen diese Wellen mit sich. Wisst ihr noch, wie wir euch hinter den Felsen erwischt haben, als ihr euch geküsst habt? Euren ersten Kuss und was für Ärger ihr bekommen habt, weil ihr noch zu jung wart?«

Lilly lacht leise bitter auf, doch Santos lächelt. »Das war nicht unser erster Kuss.« Lillys Mutter lacht aus vollem Herzen, doch dann hustet sie. »Ihr beide ...« Wieder tritt die Stille ein, jeder scheint seinen eigenen Erinnerungen nachzugehen.

Für sie alle ist dieser Strand etwas ganz besonderes, sie waren oft hier als Familia, mit Lilly und ihrer Mutter, aber auch alle seine Brüder haben immer Mädchen hergebracht, um hier ungestört zu sein, hier ist sonst niemand. Es ist ein kleiner Geheimtipp.

Auch Santos war manchmal mit Mädchen hier, wenn er nicht wollte, dass Lilly etwas davon mitbekommt. Es hat ihm nie etwas bedeutet, er war einfach nur jung und wild, erst als er Lilly dann mit Nacho gesehen hat, hat er begriffen, wie sehr es sie verletzt haben muss.

Hätte er damals gewusst, was er damit verliert, hätte er das nicht getan, dessen ist er sich absolut sicher, es gibt nichts, was er Lilly vorgezogen hätte, doch er hat nicht geahnt, was daraus entstehen würde und dass nun alles anders zwischen ihnen steht und viel zu viel passiert ist, als dass es mit ihnen noch einmal gut gehen könnte.

Langsam berührt die Sonne das Meer. Lillys Mutter atmet entspannt aus, genau da vibriert Lillys Handy. Sie sieht darauf, sie hat ein neues, garantiert eine neue Nummer, wie nah sie sich mal standen und wie fremd sie sich doch geworden sind.

»Es ist die Ärztin, Mama. Sie fragt wegen dem Platz im Hospiz nach, da sie die nächsten zwei Wochen nicht im Land ist und nicht täglich nach dir gucken kann. Ich habe ihr gesagt, dass ich mich um die Medikamente und alles andere ...«

Lillys Mutter blickt zu ihrer Tochter. »Lilly, du warst immer mein großes Mädchen, du hast mir immer zur Seite gestanden und geholfen. Ich habe gesehen, wie schlecht es dir ging, als du nach Frankreich gegangen bist und Puerto Rico verlassen hast, doch die Krankheit hat begonnen und ich konnte nicht für dich da sein, trotzdem hast du jetzt alles stehen und liegen lassen und bist wieder hergekommen. Das hier war das Letzte, was ich mir gewünscht habe und jetzt bin ich bereit ins Hospiz zu gehen. Dort können wir uns in Ruhe verabschieden und die Leute kümmern sich um mich. Sag, dass wir morgen kommen werden, tust du das für mich?«

Lilly beißt sich leicht auf die Unterlippe. Santos kennt sie genau, er weiß, dass sie das nicht möchte, niemals, die Tränen steigen ihr in die Augen, doch sie nickt und steht auf. »Ich rufe sie an!« Es bricht Santos das Herz, sie so zu sehen, doch er ist nicht mehr in der Position, ihr eine Stütze zu sein.

Lilly geht wieder in Richtung des Autos und telefoniert. Sie trägt nur ein leichtes blaues Trägerkleid und Flip-Flops, ihre Haut ist heller als früher, da sie eine Weile nicht in Puerto Rico war und sie wirkt auf Santos noch viel zarter als sonst schon immer. »Ich mache mir Sorgen um sie.« Santos blickt zu Lillys Mutter.

»Du solltest dich auf dich konzentrieren, Lilly ist stark, sie wird das schon schaffen, auch wenn es schwer wird.« Ihre Mutter nickt. »Als sie damals nach Frankreich gegangen ist … das war nicht mehr unsere Lilly, sie war eine Hülle, als wäre ein Teil von ihr gestorben …« Santos unterbricht sie, er will diese Zeit verdrängen. »Für mich war diese Zeit auch sehr schwer, es fällt mir immer noch schwer.«

Lillys Mutter legt ihre Hand auf seine. »Ich weiß, Santos, doch als ich Lilly sagen musste, dass es langsam so weit ist … vor einigen Wochen und sie zurückkam, wusste ich, dass du trotz allem für sie da sein wirst. Dieses Band, was euch beide verbindet, ist so viel stärker als alles andere, auch wenn ihr selbst das noch nicht begriffen habt.«

Santos setzt an etwas zu sagen, doch er lässt es. Sie hat ja nicht unrecht, er wird immer da sein, wenn etwas mit Lilly ist.

»Das ist es, was ich noch einmal sehen wollte, immer wenn es mir schlecht ging, ich nicht mehr konnte, kam ich her und habe diesen

Anblick gesehen und es hat mich jedes Mal aufs Neue gerettet und mir gezeigt, wie schön die Welt ist.«

Die Sonne geht unter und der Himmel färbt sich rot, Santos sieht auf die schönen Farben und wie Lillys Mutter all das wahrscheinlich das letzte Mal in sich aufsaugt.

Er drückt ihre Hand, steht auf und geht nach hinten zu Lilly, die gerade wieder zu ihnen kommen wollte. »Lass ihr ein paar Minuten für sich.« Lilly beißt sich wieder auf die Unterlippe, sie hat noch immer Tränen in den Augen, nickt aber und sieht auch zum Meer.

Santos stellt sich neben sie. »Und hat alles geklappt?« Lilly nickt. »Ja, ich bringe sie morgen früh dahin.« Santos sieht in ihr hübsches Gesicht und als sie ihn auch ansieht, deutet sie auf ihre Mutter.

»Deswegen wollte ich das nicht. Es ist das Letzte, woran sie sich festgeklammert hat, jetzt wo sie hier war, kann sie loslassen und ich weiß, dass sie das möchte.« Es fällt Lilly unheimlich schwer, ihre Tränen zurückzuhalten, die noch immer in ihren schönen blauen Augen entstehen.

»Du musst sie gehen lassen, Lilly, ich weiß wie schwer es ist, aber wenn sie bereit ist loszulassen und du weiter an ihr klammerst, machst du es ihr nur noch schwerer.« Lilly verliert den Kampf gegen die Tränen. »Wie kannst du so etwas sagen? Wie soll ich sie gehen lassen? Sie ist alles, was ich habe.«

Santos tritt zu ihr, er kann das nicht mehr mit ansehen. »Komm her.« Lilly schüttelt stur den Kopf, doch als Santos sie in seine Arme nimmt, legt sie ihr hübsches Gesicht an seine Brust und beginnt, alles aus sich herauszulassen. »Du musst jetzt stark für sie sein, Lilly.« Santos presst diese Worte mühsam durch seine Lippen, denn sobald Lilly ihm wieder so nah ist, bricht ein Gefühlschaos in ihm aus.

Ihr Geruch, ihre Nähe, er hat immer gewusst, dass sie ihm fehlt, doch als sie sich jetzt weinend an ihn lehnt, er ihre Hände an seiner Brust spürt, fühlt er sich das erste Mal seit langer Zeit wieder vollkommen komplett, und auf einmal ist nicht mehr nur Lilly diejenige, die mit ihren Gefühlen kämpft.

Er spürt, wie auch Lilly loslässt und sich an ihn presst, bei Gott, wie sehr er sie vermisst hat. Jetzt erst merkt er, wie sehr er seine Gefühle verdrängt hat. Santos spürt seine Hand zittern, als er seine Arme um sie legt und sie wie früher immer mit seinem Körper einhüllt. Seine Stimme ist rau.

»Lilly ...« Er schließt sie in seine Arme, legt seine Nase an ihren Kopf, atmet tief ein und schließt die Augen. Er hat vergessen, wie es sich anfühlt, vollständig zu sein.

Santos weiß nicht, wie lange sie da stehen, es ist zu kurz und zu intensiv, doch dann beginnt Lillys Mutter zu husten und Lilly befreit sich aus seiner Umarmung und eilt zu ihr.

Santos kämpft von da an gegen sein Gefühlschaos, er bringt sie zurück zum Laden und ist wie in einem kompletten Gefühlsstrudel gefangen. Lilly bedankt sich noch einmal und ihre Mutter auch, doch Santos steht viel zu sehr neben sich, um richtig reagieren zu können.

Er gibt Gas und fährt los, allein die Distanz, die sie auf der Rückfahrt sofort wieder zwischen sich haben, trifft ihn. Santos hält am Wegrand und atmet tief ein, ruft sich in Erinnerung, wieso all das so gekommen ist und warum er nicht mehr mit Lilly zusammen ist, er versucht sein Gefühlschaos zu ordnen. Er fühlt sich beschissen.

Doch er hat in diesen Moment nicht einmal eine Ahnung davon, dass sich bald alles ändert und das richtige Gefühlschaos noch nicht einmal begonnen hat.

April gibt Belinda einen Kuss auf die Wange, bevor sie ihre beste Freundin noch einmal umarmt. Sie ist, nachdem sie die Boutique geschlossen hat, ins Restaurant gegangen und auf Belinda und ihren Bruder gestoßen, die dort bereits gegessen haben. Belinda und April hatten sich einiges zu erzählen, Alejandro saß die ganze

Zeit ziemlich ruhig daneben und hat nur geantwortet, wenn er gefragt wurde.

April weiß, wieso er so kalt und abweisend in ihrer Nähe ist. Es ist ihr sehr unangenehm, dass Alejandro von Lewis' Drohung weiß und dass sie, auch wenn sie nicht zugesagt hat, zumindest nicht sofort nein gesagt hat. Sie kann Belindas Bruder nicht einmal ansehen.

Danach haben sich Belinda und April in Belindas Suite zurückgezogen, während Alejandro sich in der Nachbarsuite um einiges kümmern musste. Endlich konnten die beiden ganz frei reden und Belinda hat ihr alles erzählt, alles, was passiert ist.

April hat genau zugehört, da erst hat sie verstanden, was ihre Freundin die letzten Wochen durchmachen musste. Sie hätte sich niemals träumen lassen, dass es so etwas wie Belindas Familie wirklich gibt.

Es kommt ihr so vor, als würde Belinda von einer Geschichte aus einem Kinofilm berichten, besonders als sie von der Feindschaft zwischen den Familias berichtet und wie das alles zwischen Vidal und ihr abgelaufen ist. Als Belinda fertig ist, sieht man nicht nur ihr an, wie sehr sie all das erschöpft, auch April weiß das erste Mal gar nicht so recht, was sie sagen soll.

Sie versucht ehrlich zu sein und rät Belinda, auf Alejandro zu hören und der Familie mehr Zeit zu geben, sie weiß, wie sehr sich Belinda all das immer gewünscht hat und das jetzt so schnell wieder hinter sich zu lassen, kann gar nicht richtig sein, auch wenn sie ihr sagt, dass sie extrem aufpassen soll und sich nicht in Gefahr bringen darf.

Wegen Vidal kann sie nicht viel sagen, er selbst hat ja alles beendet und sich wie ein Arsch verhalten. Belinda weiß, dass sie ihm aus dem Weg gehen sollte und sich nicht noch einmal auf so einen Mann einlassen darf.

Dann ist April dran und erzählt ihr von dem Abend, als Lewis kam und ihr immer wieder gedroht hat und wie er ihr genau gesagt hat, was der einzige Weg wäre, diese Pfändung zu umgehen.

April kann nicht verhindern, dass sie immer wieder an den Mann nebenan denken muss, der diese Wahrheit schon kennt. Sie hat das Verständnis, das Belinda ihr entgegenbringt, überhaupt nicht verdient, nachdem sie erfahren hat, dass April es wirklich kurz in Erwägung gezogen hat, sich darauf einzulassen, um ihren Laden zu retten.

Ihre beste Freundin versichert ihr immer wieder, dass sie ihr nicht böse ist und sie doch am Ende gar nichts getan hat, doch trotzdem fühlt sich April deswegen schlecht.

Sie vereinbaren, dass Belinda wieder zurückgeht und noch mehr Zeit mit ihrer Familie verbringt und April in zwei Wochen, wenn die Aushilfe richtig eingearbeitet ist, auch nachkommt und sich selbst ein Bild von dem Leben macht, was Belinda so durcheinanderbringt.

Belinda geht duschen und April verlässt das Hotel, als sie aber bei Alejandros Suite vorbeiläuft, überlegt sie hin und her und klopft dann doch leise. Sie hört ja, dass der Fernseher noch läuft, und Alejandro öffnet ihr auch nur wenige Augenblicke später.

April stockt. Alejandro ist sehr attraktiv, das hat sie schon auf den Bildern gesehen, die Belinda ihr geschickt hat, alle ihre Brüder sind das, doch als Alejandro heute vor ihr stand, hat sie erst richtig gespürt, was für eine mächtige Aura neben seinem Aussehen ihn noch ausmacht.

Auch jetzt muss April erst zweimal blinzeln, bevor sie sich zusammenreißt und von dem nackten Oberkörper in die dunklen Augen blickt, die sie schmunzelnd beobachten.

»Ist euer Frauengespräch beendet?« April nickt und versucht sich grade hinzustellen. »Ja, und ich habe ihr alles gesagt, auch das von Lewis.« Er nickt. »Es ist besser so!« April kann diesen Mann kaum einschätzen, er würde sich niemals mit den anderen Männern in ihre drei Schubladen stecken lassen, in die sie immer alle einsortiert, die ihr über den Weg laufen.

»Ähmm ja, ich komme sie bald besuchen in Puerto Rico. Deswegen ist es mir wichtig, dass du wirklich weißt, dass ich normalerweise nicht so bin und mich nie so verhalten würde.«

Alejandro mustert sie einen Augenblick schweigend. »Ich kenne dich nicht, ich kann das nicht beurteilen.« Sie nickt. »Natürlich nicht, mir war es nur wichtig, es dir noch einmal zu sagen. Wir sehen uns dann, schätze ich mal.«

April dreht sich schnell um, froh, diesem zwar schönen, aber doch zu abschätzigen, Blick Alejandros zu entkommen. »April!« Sie bleibt stehen. Mist! »Warum ist es dir so wichtig, was ich von dir denke?« Die Antwort ist leicht, erleichtert lächelt sie und wendet sich noch einmal zu ihm um. »Weil du der Bruder meiner besten Freundin bist.«

Ein Grinsen schleicht sich auf Alejandros Gesicht, welches ihn noch anziehender macht, es ist wirklich nicht fair. »Bist du dir sicher, dass das der einzige Grund ist?« April fühlt sich ertappt und spürt, wie ihre Wangen rot werden, sie kann nur hoffen, dass man das hier im abgedämmten Flurlicht des Hotels nicht erkennt.

»Natürlich bin ich sicher.« Sie dreht sich wieder um und bildet sich ein, ein leises Lachen zu hören. April drückt die Augen zu, wie sehr blamiert sie sich eigentlich noch vor diesem Mann? »Wir sehen uns in Puerto Rico, April!«

Belinda öffnet die Augen. Sie ist nach dem Duschen noch ins Nebenzimmer zu Alejandro gegangen, um ihm etwas von dem leckeren Kuchen zu bringen, den April und sie zum Nachtisch hatten. Er hat gerade mit Geschäftspartnern telefoniert und Belinda hat es sich auf dem riesigen Bett solange gemütlich gemacht, dabei muss sie eingeschlafen sein.

Als sie jetzt wach wird, ist das Zimmer dunkel, nur der auf stumm gestellte Fernseher spendet ein wenig Licht und das Handy, das auf dem Tisch vibriert. Alejandro liegt auch auf dem Bett auf der anderen Seite, er scheint sich einfach zu ihr gelegt zu haben, als sie eingeschlafen ist, fast hätte Belinda gelächelt, das machen Geschwister halt so.

Alejandro erhebt sich murrend und Belinda sieht auf dem Fernseher, dass es vier Uhr morgens ist. Er geht ans Handy und sie hört, wie sein Atem immer schneller geht, auch wenn er fast komplett stumm bleibt. »Ich komme sofort zurück!«, sagt er irgendwann.

Belinda sieht ihm besorgt entgegen, man spürt, dass etwas nicht stimmt. »Was ist los?« Alejandro sieht sie fassungslos an, einen Augenblick erkennt sie ihn kaum wieder, so verzweifelt wirkt er, als er sich durch die Haare fährt.

»Adrian … es ist Adrian!«

Belinda setzt sich auf und ihr kommen sofort Bilder ihres Cousins mit dem verbrannten Gesicht und dem schönen Lachen vor das innere Auge.

»Was ist mit ihm? Alejandro, was ist mit Adrian?«

Ihr ältester Bruder scheint gar nicht richtig anwesend zu sein.

»Sie haben ihn gefunden, er ist tot. Er wurde umgebracht!«

Kapitel 4

»Wie genau ist das passiert?«

Alejandro und Belinda stellen sich am Anfang der riesigen Wiese auf, neben sie treten Santos, ihr Vater und Ponce. Auch Rehan, Levi, Roman und Alena sind bei ihnen. Belinda spürt eine Hand an ihrem Rücken und sieht in Suertes dunkle Augen. Er stellt sich zu ihnen und sieht genauso betroffen wie alle anderen aus.

Alena weint und Belinda greift nach ihrer Hand, um sie zu drücken, sie fühlt sich hilflos. Natürlich kannte sie Adrian erst seit Kurzem, trotzdem trifft es sie, und auch sie hat Tränen in den Augen. Er war ihr Cousin und nun hat sie nicht einmal die Chance, ihn richtig kennenzulernen.

Das Bild, das sich vor ihnen zeigt, ist unwirklich. Suerte räuspert sich. »Es muss in der Nacht passiert sein, er war im Café und auf dem Weg nach Hause. Er ist selten alleine unterwegs doch … keine Ahnung, was genau passiert ist, wir haben die Polizei kommen lassen, um mehr herauszubekommen.

Sie sind der Meinung, dass er genau hier von der Straße abgedrängt wurde, man sieht es an den umgeknickten Sträuchern. Sie haben die Straße untersucht und es sieht ganz so aus, als müsste ein Motorrad hier gewesen sein. Adrian ist dann mit dem Auto auf das Feld gefahren und erst dort drüben zum Stehen gekommen.«

Sie blicken alle auf das verbrannte Autowrack, was einige Meter vor ihnen auf dem dunklen Kreis inmitten des riesigen Feldes steht. »Laut Polizei hat das Auto aber schon hier angefangen zu brennen.« Er zeigt auf einen schwarzen Streifen auf der Straße, der dann durch die umgeknickten Sträucher bis aufs Feld führt.

»Die Polizei vermutet, dass ihn hier das Motorrad eingeholt haben muss, es muss Adrian vollkommen überrascht haben, vielleicht lag auch jemand irgendwo im Gebüsch auf der Lauer und ist dann losgefahren oder hat ihn die ganze Zeit schon mit dem

Motorrad verfolgt. Hier muss er einen Molotow-Cocktail auf das Auto oder ins Auto geschmissen haben. Es hat jedenfalls sofort zu brennen begonnen, Adrian war wie immer schnell unterwegs und ist vom Weg abgekommen, allerdings ist das Auto erst dort zum Stehen gekommen.

Was dann passiert ist, ist nicht klar. Adrian hat sich noch aus dem Auto befreit, es scheint so, als wollte er vom brennenden Auto wegkriechen, doch es war wohl zu spät oder er wurde davon abgehalten, wegzukommen. Er ist verbrannt, es war nur so viel übrig, dass man ihn gerade noch identifizieren konnte.« Sie alle sehen zu dem dunklen Fleck, über dem ein weißes Tuch liegt, etwas vom Auto entfernt.

»La Familia, La Familia!« Noch immer rollt der gleiche kleine Plastikaffe, den sie auch schon im Paket vorgefunden haben, im Kreis neben dem verbrannten Körper von Adrian und schlägt dabei auf seiner Trommel. Jemand muss ihn dort hinterlassen haben.

Es ist absolut still, man hört nur die immer wieder vom Affen gekrächzten Worte. »La Familia! La Familia!« Belinda blickt in die Gesichter ihres Vaters, ihrer Brüder und Cousins, sie alle sehen vollkommen fassungslos und schockiert aus. Roman legt den Arm um seine Schwester Alena, als sie noch etwas weiter nach vorne will, um näher am Unfallort zu sein und hält sie so liebevoll davon ab.

Ihr Vater tritt neben Belinda und legt ebenfalls den Arm um sie, als sie sich an ihn schmiegt, küsst er ihren Kopf. »Das alles ist einfach nur krank, wer hat eine Idee, wer dahinter stecken könnte? Was ist mit den Puentes?« Belinda versucht sich nicht zu verkrampfen, als der Name fällt.

»Unwahrscheinlich, sie wurden auch angegriffen und das hier ist viel zu tief in unserem Gebiet passiert, keiner der Puentes wäre unbemerkt so weit auf unser Gebiet vorgedrungen.«

Levi wirkt ziemlich sicher. Vielleicht haben sie Wachen an den Grenzen, selbst Belinda ist ja sehr schnell auf dem Puentes-Gebiet gestoppt worden. Selbst Alejandro, dem man ja fast nie irgendwelche Emotionen ansieht, wischt sich über die Augen.

Sie sind sofort zurückgeflogen, Belinda hat nicht eine Sekunde darüber nachgedacht, ob sie mitfliegen soll oder nicht, plötzlich war ihr ganz klar, dass sie jetzt hier sein muss.

»Aber es nicht dasselbe wie bei den Puentes, das war eine Familia, nachdem diese Camilla den Mörder gesehen hat, wurde nach Belinda und ihr gesucht mit den Zeichen der Familias, das hier ist etwas ganz anderes.« Sie blicken alle auf den Affen, Belinda bekommt eine Gänsehaut.

»Wir müssen alles noch mehr kontrollieren, findet heraus, woher man diese beschissenen Affen bekommt und wer davon in letzter Zeit mehrere gekauft hat. Verstärkt die Bewachungen für alles … wer auch immer dahinter steckt, wird sich dafür verantworten müssen. Niemand vergeht sich an unserer Familie, das haben schon so viele zu spüren bekommen und das werden auch jetzt wieder alle spüren.«

Ihr Vater und Rehan sind die ersten, die zurück zu den Autos gehen, ihnen folgen Santos und Levi. Roman bringt die noch immer stark weinende Alena zu ihrem Auto. Ponce hat genau wie alle anderen auch Tränen in den Augen, er kommt zu ihr und legt den Arm um sie. Belinda kann nicht aufhören, auf diesen merkwürdigen kleinen Affen zu starren, bis auf einmal ein Schuss ertönt, der Affe umkippt und kein Wort mehr von sich gibt.

Suerte muss ihren Blick gespürt haben und diesem makaberen Spiel ein Ende gesetzt haben. »Lasst ihn uns beerdigen, wenn wir hier schon nicht für ihn da waren, ist es das Mindeste, was wir noch tun können.«

Alejandro deutet Belinda und Ponce mitzukommen. »Ich hätte ihn so gerne richtig kennengelernt.« Ponce lächelt matt, als sie zum Auto gehen. »Er hat mir gesagt, dass er dich sofort in sein Herz geschlossen hat, wir sind eine Familie, da ist es egal, wie lange man sich kennt, es sind Verbindungen, die stärker als die Zeit sind.«

Wahrscheinlich hat Ponce recht, sie hat schon jetzt das Gefühl, zuhause zu sein, als sie in die Cuidad Sombras einfahren. Sie fühlt sich ihren Brüdern und ihrem Vater schon sehr nah, auch wenn sie sich noch nicht lange kennen. Es ist für Belinda ganz selbstverständlich, bei Alena zu bleiben, die sich ins Bett legt und deren Tränen nicht stoppen wollen.

Belinda bleibt den restlichen Tag und die Nacht bei ihr, Roman, aber auch ihr Vater kommen ab und zu und sehen nach ihnen. Als am Abend Levi zu ihnen kommt, sich müde an das Bett setzt und seine Cousinen betrachtet, bevor er völlig fertig im Sitzen einschläft, weiß Belinda, dass Ponce vollkommen recht hat, es geht nicht darum, wie lange sie schon Zeit mit ihrer Familie verbringt, sondern um das warme Gefühl, was sich in ihr breit macht, wenn sie mit ihnen zusammen ist und an sie denkt.

»Auch mal wach?« Camilla braucht einen Augenblick, um richtig die Augen zu öffnen und zu entdecken, dass sie noch immer mit Dante im Auto sitzt. Sie haben vor einigen Stunden das Schiff verlassen. Vidal und Estrell fahren mit der Jacht zurück, Dante hat offenbar andere Pläne, die er ihr noch immer nicht mitteilen möchte.

Sie muss lächeln, als seine Hand an ihren Nacken fährt, er hält am Straßenrand, beugt sich zu ihr und küsst sie. Camilla wird sofort wach, als Dante mit seinen Lippen fragend über ihre fährt und sie sich ihm öffnet.

Seitdem sie sich das erste Mal in seinem Haus näher gekommen sind, haben sie zwar fast jede Minute zusammen verbracht und sind sich auch immer nah gewesen, aber ganz so intensiv wie da war es nicht mehr. Sie spürt die Unsicherheit bei Dante, er will sie nicht bedrängen und Camilla traut sich nicht, diese Berührungen, die sie geteilt haben und diese intimen Gefühle von allein wieder einzufordern, auch wenn sie immer öfter daran zurückdenken muss. Auch jetzt, als sie sich lösen und ihrer beider Atem schneller geht, spürt sie wieder diese Lust in sich aufkommen, Dante wieder so nah zu sein.

»Ich konnte an nichts anderes denken, du bist zu süß, wenn du schläfst. Wir sind gleich da.« Er lächelt und Camilla sieht ihm in die Augen. Sie wollte nicht, dass sich etwas zwischen ihnen aufbaut, hat es mit aller Kraft zu verhindern versucht, doch irgendwann hat sie losgelassen und sich einfach ihren Gefühlen hingegeben, und es fühlt sich fantastisch an.

Sie kann nicht verdrängen, was alles gegen diese Beziehung spricht, aber allein die Gefühle, die sie für Dante immer stärker entwickelt, lassen alles andere nicht mehr ganz so wichtig erscheinen. Vielleicht wacht sie auch irgendwann auf und denkt sich: Was tust du eigentlich hier? Doch solange will sie diese Gefühle, die sie nicht kannte, noch genießen.

»Erfahre ich jetzt endlich, wohin es geht?« Dante fährt weiter, direkt auf eine größere umzäunte Anlage zu. Sie wirkt fast wie eine Cuidad, so wie sie in den Städten öfter vorkommen, doch es sieht alles noch ländlicher aus.

Auch hier stehen Wachleute, die die schweren Eisentore öffnen lassen, sobald sie Dante erkennen. »Noch nicht so ganz.« Dante hält mitten auf dem Weg und zwinkert ihr zu, er steigt aus, da bemerkt Camilla zwei Mädchen, die an einem Cabrio stehen und zu ihnen blicken.

Als sie Dante erkennen, kommen sie zu ihm gelaufen und umarmen ihn stürmisch. Die Mädchen sind vielleicht siebzehn oder achtzehn, bildhübsch und sehen fast exakt gleich aus. Dante küsst die beiden, es müssen die Zwillingsschwestern von Benito sein. Dante hat sie doch nicht ernsthaft ohne Vorwarnung zu seiner restlichen Familie nach Hause gebracht?

Camilla streicht über ihr hellblaues Sommerkleid, was zum Glück nicht zu viel Haut zeigt und steigt aus. Sie ist nur ganz leicht geschminkt und überhaupt nicht auf so ein Treffen vorbereitet.

»Camilla, das sind meine Cousinen Dalila und Delicia, Benitos Schwestern.« Die beiden sehen mit großen Augen zwischen Camilla und Dante hin und her, bevor sie zu Camilla gehen und sie umarmen. »Oh mein Gott, du bist der Erste, der eine Frau nach Hause bringt. Ich glaube, ich träume. Papa, komm gucken, wen Dante mitgebracht hat!«

Sie grinsen über das ganze Gesicht und sehen sich Camilla an. »Dante, sie ist wunderschön, soll das heißen ...? Ich kann es gar nicht glauben.« Camilla sieht sich unsicher um, offenbar ist nicht nur sie von diesem spontanen Besuch überrascht.

Das Anwesen ist riesig, es stehen hier mehrere Steinhäuser, Ställe, es wirkt alles sehr ländlich und gemütlich. Bei dem nächsten Haus, das aus grauem Stein mit braunen Balken gebaut ist, erscheint ein älterer Mann, der zu ihnen nach unten blickt. Er hat graue Haare und ist etwas fülliger, doch er lächelt freundlich zu ihnen hinab.

»Dante, mein Sohn, was hast du uns da Schönes mitgebracht? Kommt hoch, Gonzales ist auch gerade da.« Er deutet ihnen an zu kommen, Dante lächelt und hält Camilla seine Hand hin. »Ich weiß nicht, ich habe gar nicht damit gerechnet ... ich ...«

Dante küsst ihre Hand und nimmt sie mit. »Wir bleiben nicht lange, wir haben noch einen längeren Weg vor uns, aber ich wollte unbedingt, dass meine Familie dich kennenlernt. Du bist mir sehr wichtig, Camilla.«

Sie beide haben vergessen, dass die Zwillingsschwestern bei ihnen stehen, die nun aufschluchzen. »Oh, mein Gott, dass wir das noch erleben dürfen. Dante hat sich in eine Frau verliebt«, lacht die eine und die andere nickt zustimmend. »Ich hoffe, dass sich auch Benito, Elian, Cuca und Vidal daran mal ein Beispiel nehmen. Als wir das letzte Mal in der Stadt waren, war es kaum auszuhalten mit den ganzen Frauen, die sich bei euch herumtreiben.«

Dante wuschelt einer seiner Cousinen durch die Haare und Camilla muss lächeln. Das alles hier wirkt so gegensätzlich zu der Cuidad, in der Dante und die Anderen leben. Sie weiß noch, wie Belinda ihr erzählt hat, dass Vidal sie am Anfang belogen hat, als es um seine Familie ging.

Als sie ihn später darauf angesprochen hat, hat er ihr erklärt, dass sie dieses Leben, was die Väter, Mütter, Schwestern und viele andere hier führen, so gut es geht beschützen wollen und deswegen kaum einer von diesem Ort hier weiß und dass hier noch so viele von ihnen friedlich leben. Deswegen behaupten sie gegenüber Fremden und Geschäftspartnern auch oft, sie hätten keine weitere Familie, um all das hier zu schützen.

Belinda und Camilla konnten das nicht so wirklich nachvollziehen, doch jetzt, wenn Camilla sich so umsieht, versteht sie es auch das erste Mal. Es ist friedlich, schön und mit großer Wahrscheinlichkeit werden die beiden Zwillingsschwestern und alle anderen sich komplett frei bewegen können und das wollen Vidal und alle schützen.

»Die brauchen noch Zeit und ich hoffe, ihr lasst euch auch noch viel Zeit mit solchen Sachen. Ist Anna drinnen?« Die Mädchen nicken und Dante nimmt seine Waffe aus dem Hosenbund, verstaut sie im Auto und legt den Arm um Camilla, während sie das Haus betreten, die Mädchen bleiben am Auto.

Camilla versucht alles zu sortieren. Der Mann auf dem Balkon kann nicht Dantes Vater sein, der ist tot und da die Zwillinge nach ihrem Vater gerufen haben, wird es Benitos Vater sein, der Dante einfach nur seinen Sohn nennt.

Anna, nach der Dante gefragt hat, ist die Mutter von Vidal, das weiß Camilla bereits, aber wieso lässt Dante seine Waffe im Auto? Nicht, dass sie etwas dagegen hätte, aber irgendwie hat sie sich mittlerweile daran gewöhnt, dass er sie immer bei sich trägt.

Sie gehen in das Haus, wie ländlich auch immer alles von außen wirken mag, innen ist es genau so teuer und luxuriös eingerichtet wie es die Häuser in der Cuidad Puentes sind.

Sie gehen eine Steintreppe hinauf auf eine große Terrasse, auf der zwei Frauen und zwei Männer im Schatten an einem vollgedeckten Tisch sitzen und zu ihnen sehen.

Dante tritt strahlend zu ihnen, während Camilla sich am liebsten hinter seinem Rücken verstecken würde. »Dante, was für eine Überraschung, wen hast du da hübsches mitgebracht?« Die Frauen stehen auf und umarmen erst Dante dann Camilla. »Das ist Camilla, Camilla das sind meine Tanten Anna, die Mutter von Vidal und Elian und Valentina, die Mutter von Cuca.« Camilla lächelt die beiden Frauen an.

Vidals Mutter ist wunderschön, sie sieht noch recht jung aus und doch erkennt man, dass sie schon viel gesehen hat. Ihre Haare sind in einem dicken Zopf zur Seite geflochten und ihre Augen strahlen sie freundlich an. Sie hat eine gewisse Ähnlichkeit mit Vidal, doch wenn Camilla zu dem Mann neben ihr blickt, weiß sie genau, dass Vidal viel mehr nach dem Vater kommt.

Die andere Frau ist die Schwester von Vidals und Benitos Vater und sieht ihren Brüdern auch ziemlich ähnlich. Sie hat kurze Haare, und eine große Narbe geht quer über ihren rechten Unterarm. Sie ist auch sehr hübsch, doch sieht man ihr genau an, dass sie viel mitgemacht haben muss. Camilla weiß nur, dass der Vater von Cuca und der von Dante ermordet wurden, wie genau, hat sie bisher noch nicht erfahren.

»Nennt meinen Sohn nicht immer Cuca, es hört sich wie ein Keks an. Er heißt Ponce und diesen Namen sollte er mit Stolz tragen. Dante mein Schatz, sie ist so wunderschön, ich freue mich sehr für dich und auch, dass du sie uns vorstellst.«

Camilla spürt, wie sie rot wird und Dantes Lächeln wird immer stolzer, als nun auch die Männer sie begrüßen. Der fülligere Mann, sein Onkel und der Vater von Benito und den Zwillingsschwestern, hat eine ruhige und herzliche Art an sich, während man Vidals und Elians Vater sofort ansieht und auch spürt, wer er ist.

Er ist ein Anführer wie Vidal, die beiden sehen sich nicht nur sehr ähnlich, sie haben auch die gleiche mächtige Ausstrahlung, auch wenn er sie warm anlächelt und kurz umarmt.

»Ich hatte wirklich gedacht, Benito würde die erste Frau nach Hause bringen, mit der er es ernst meint, dass du es bist, freut mich dafür umso mehr. Ich hoffe, die anderen Jungs nehmen sich ein Beispiel an dir.«

Die Mutter von Vidal deutet ihnen sich zu setzen, es gibt Limonade, Oliven, Brot und Salat, dazu viele leckere Dipsoßen, die Camilla alle probieren soll. Dabei fragen sie die Tanten von Dante über alles aus, woher sie kommt, was sie tut, woher sie Dante kennt und jedes Mal scheinen sie begeisterter von ihr zu sein.

Camilla probiert, so höflich wie möglich zu sein, alles zu beantworten, sie isst so viel, dass sie das Gefühl hat, fast zu platzen, doch auch alles andere, was um sie herum passiert, entgeht ihr nicht. Sie sieht sich genau um.

Dieses Grundstück kann man von hier oben gut übersehen, sie erkennt einige Häuser, Pools, riesige Gehege mit Pferden, es gibt sogar eine kleine Kapelle und einen See, es ist Wahnsinn, die Familie muss sehr viel Geld haben.

Sie bekommt auch mit, wie sich Vidals Vater Gonzales an Dante wendet. »Hast du schon gehört, was bei den Cinco Sombras passiert ist?« Sie spürt, dass Dante nickt und versucht, wegen ihr leiser zu sprechen. »Ja nur kurz, Vidal hat mir Bescheid gegeben.« Sie lassen das Thema sein, doch Camilla fragt sich, was da wohl passiert ist und wieso Dante es vor ihr offenbar nicht besprechen möchte.

»Wir wollen bald grillen, bleibt ihr noch ein wenig?« Dante sieht auf die Uhr. »Nein, wir haben einen Termin, ich wollte Suela ...« In dem Moment kommt eine hübsche junge Frau auf die Terrasse. Wie Camilla es schon auf den Bildern erkannt hat, ist diese ganze Familie hübsch, doch man sieht der jungen Frau sofort an, dass sie

Dantes Schwester ist. Sie haben die gleichen Augen, sie hat hellbraune lange Locken, die sie mit einem Bleistift hochgesteckt hat, dazu trägt sie eine schwarze dünne Brille, eine enge schwarze Hose und ein schwarzes Top.

Sie sieht aus, als käme sie gerade von einem anstrengenden Kurs in der Uni, aber Camilla weiß ja, dass noch Semesterferien sind, trotzdem ist ihr Suela sofort sympathisch. »Ich dachte, du verarschst mich, du hast ja wirklich eine Frau dabei.« Suela umarmt ihren Bruder, der sie lange auf die Wange küsst.

Dante redet viel von seiner Schwester und man merkt schnell, wie sehr er an ihr hängt, sie ist drei Jahre jünger und er ist ganz vernarrt in sie. Suela umarmt auch Camilla und sieht sie überrascht an.

»Dante ... ich bin ganz ... das ist ja gar keine aufgetakelte Barbie mit Silikontitten, sie ist wunderschön und natürlich, wenn du jetzt auch noch sagst, dass sie einen Job hat oder zur Uni geht, drehe ich durch.

Nicht böse gemeint, aber die Frauen meiner Cousins und meines Bruders sind sonst eher nicht in der Lage, bis zehn zu zählen.« Anna lacht auf und auch Camilla muss lachen, während Dante seine Schwester liebevoll in den Arm kneift.

»Schon gut, ich war jetzt eine Weile bei ihnen und weiß, was du meinst. Ich habe sogar einen Job und studiere nebenbei.« Suela zieht beeindruckt die Augenbrauen hoch und legt den Arm um sie. »Das reicht mir, wann ist die Hochzeit?« Dante lacht und sieht auf die Uhr. »Jetzt gehen wir erst einmal Mama fragen, was sie von Camilla hält.«

Die gute Laune, die Camilla gerade noch verspürt hat, ist sofort weg. Zu Dantes Mutter? Sie ist seit den schrecklichen Ereignissen, die damals zwischen den beiden Familias Puentes und Sombras passiert sind, in einer Klinik.

Ihr Herz schlägt schneller, Dante will sie wirklich mit dahin nehmen? Zu seiner Mutter? Suela hat noch immer den Arm um sie.

»Ich habe sie schon vorgewarnt und sie ist ganz gespannt auf deine Freundin.«

Kapitel 5

Keine halbe Stunde später fahren sie auf ein altes dunkles Gebäude zu, was eher wie ein Schloss wirkt. Wenn man sich eine psychiatrische Klinik in den schlimmsten Alpträumen vorstellt, hat man genau das Bild, was sich vor Camilla auftut. »Es sieht nur von außen so schlimm aus, ich habe beim ersten Mal dasselbe gedacht.« Suela beugt sich zu ihr nach vorn und auch Dante sieht besorgt in ihre Richtung.

»Seit wann ist eure Mutter hier?« Suela sieht auch zu dem Haus. »Seit unser Vater ermordet wurde ...« Dante hält auf dem Parkplatz und sieht zu seiner Schwester. »Sie weiß fast alles, ich halte nichts vor ihr geheim.« Suela nickt und fährt fort.

Mittlerweile stimmt das wirklich, Camilla hat durch Dante und auch durch Belinda die ganze schreckliche Wahrheit darüber erfahren, was damals passiert ist. »Meine Mutter wurde entführt, sie haben viele Frauen entführt, Cucas Mutter, unsere Mutter, viele Tanten, es ist viel Unglück über unsere Familia hereingebrochen.«

Camilla nickt. »Genau wie auch bei den Cinco Sombras.« Sie hat beide Seiten gehört und weiß, dass diese furchtbaren Taten von allen Seiten begangen wurden. Suela sieht sie verblüfft an, nickt aber zustimmend. »Genau, das hat alle getroffen!« Camilla hört Dante aufschnauben, doch offensichtlich haben er und seine Schwester da unterschiedliche Meinungen.

»Meine Eltern haben sich sehr geliebt, Anna erzählt mir heute noch, wie stark die Liebe zwischen ihnen beiden war. Mein Vater ist wahnsinnig geworden, er hat sie überall gesucht und dann hat er sie sogar wirklich gefunden, zusammen mit Cucas Vater.

Sie sind dabei allerdings in eine Falle gelaufen und ja ... die Männer, die meine Mutter gefangen gehalten haben, haben sich einen Spaß daraus gemacht, sie haben Cucas Vater erschossen, meinen Vater aber haben sie auf einen Tisch gestellt mit einem Seil um den Hals.

Würde er sich zu viel bewegen, würde er sich selbst erhängen, dann haben sie sich an meiner Mutter vergangen vor seinen Augen. Meine Mutter hat meinen Vater angefleht, ruhig zu bleiben, doch er konnte es nicht. Er konnte nicht einfach zusehen, wollte zu ihr und hat sich selbst erhängt.

Die Männer haben sie dann freigelassen, doch sie war natürlich nicht mehr dieselbe Person. Sie wollte sich das Leben nehmen und ist in diese Klinik gekommen. Wir haben von da an bei Vidal und Elian gelebt. Die Familie wollte meiner Mutter helfen, sie sollte bei uns gesund werden, doch sie hat sich seitdem bis heute geweigert, die Klinik zu verlassen.

Sie gibt sich die Schuld dafür, dass mein Vater jetzt tot ist, und niemand kann es ihr ausreden. Sie denkt, wenn sie dort in der Klinik ist, sind alle anderen besser dran und niemand gerät mehr in Gefahr.«

Camilla sieht fassungslos zu Suela, Dante starrt stur aus dem vorderen Fenster auf den Parkplatz. »Das tut mir so leid, die Arme, das muss einfach nur schrecklich sein. Hat sie wirklich die Klinik freiwillig nie wieder verlassen?« Suela scheint viel abgeklärter als Dante mit diesem Thema umzugehen, sie holt ein Notizbuch heraus und drückt es an ihre Brust.

»Doch, manchmal flieht sie, dann sagt sie, wenn sie gefunden wird, dass sie ihr drittes Kind sucht. Sie war schwanger, nachdem all das passiert ist, sie musste das Kind bekommen, es wurde ihr damals aber sofort weggenommen. Sie weiß nicht einmal, ob es ein Junge oder ein Mädchen war, rein theoretisch könnte es ja auch von meinem Vater gewesen sein, es hat ja nie jemand untersucht.

Es ist wie all die anderen Kinder weggegeben worden. Eines der verstoßenen Kinder.«

Camilla kann einfach nicht verbergen, wie sehr all das sie schockiert und besonders die Tatsache, wie normal alle damit umgehen. Dante verdreht die Augen und öffnet die Autotür. »Tu nicht so, als wäre dieses Ding von uns, falls es überhaupt existiert, niemand weiß doch, was mit diesen Bastardbabys passiert ist.« Camilla steigt auch aus, ebenso wie Suela.

»Zumindest ist es kein Thema, worüber irgendjemand gerne spricht. Mama belastet all das noch sehr, du kannst das nicht immer ignorieren, Dante!«

Dante geht schon vor, offenbar ist für ihn das Thema erledigt, Camilla aber hält kurz ein und sieht Suela an. »Ich finde es gut, dass du so offen damit umgehst und darüber sprechen kannst.« Sie hält ihr Notizbuch hoch und öffnet Camilla die Tür zur Klinik.

»Ich versuche, mehr über all das zu erfahren, von beiden Seiten und was noch alles unter den Teppich gekehrt wurde, doch es ist nicht leicht. Es gibt Dinge, die die Menschen lieber vergessen statt sie zu verarbeiten, aber jetzt komm, meine Mutter freut sich wahnsinnig, dich kennenzulernen. Dante hat uns noch nie eine Frau vorgestellt.«

Camilla bleibt kurz stehen und sieht sich um. Dante hat vollkommen recht, innen ist das Gebäude sehr hell gehalten, überall sind bunte Gemälde, das Personal hier lächelt einen freundlich an, man hätte diese helle, sonnige Atmosphäre niemals hinter diesen Mauern erwartet. Aber nicht nur das ist es, was sie einhalten lässt. Dante bringt sie her, zu seiner Familie und jedem ist klar, wie viel das bedeutet.

Camilla hat Gefühle für Dante, das lässt sich nicht abstreiten, doch keiner von ihnen hat etwas in der Art erwähnt und jetzt erkennt sie das erste Mal, dass er genauso empfinden muss wie sie und diese Erkenntnis ist schön und beängstigend zugleich.

»Kommst du?« Dante stoppt und hält ihr seine Hand hin. Suela lächelt und auch Camilla lächelt zufrieden, als sie ihre Finger mit seinen verhakt und ihm in einen großen Essenssaal folgt.

»Dante, Suela, wie schön Sie zu sehen, das muss Ihre Freundin sein.« Eine Schwester kommt auf sie zu und reicht ihnen allen die Hand. »Ihre Mutter war so aufgeregt, sie hat Kuchen gebacken und wartet im Garten, sie hat alles schön hergerichtet.« Suela klatscht in die Hände. »Ich wusste, dass es sie freuen wird.«

Sie gehen zusammen in den Garten und wieder ist Camilla total überrascht, was sich hinter diesen gruseligen Mauern verbirgt. Es ist ein wunderschöner grüner Garten mit vielen Bäumen, unter denen immer eine Bank steht. Es gibt einen See, viele Blumen und einige Pavillons.

Vor einem der Pavillons steht eine Frau und sieht ihnen entgegen. Sie gehen zu ihr und Camilla wird nervös. Man lernt nicht jeden Tag die Mutter des Mannes kennen … der einem jeden Tag mehr bedeutet, Camilla weiß gar nicht, wie sie es sonst ausdrücken sollte. Je näher sie kommen, umso mehr bildet sich ein Lächeln auf dem Gesicht der Frau, die sehr hübsch ist.

Sie trägt einen langen schwarzen Rock und ein schwarzes T-Shirt, ihre langen schwarzen Haare werden von einem lockeren schwarzen Tuch getragen, es ist eigentlich eine übliche Trauerkleidung. Camilla sieht etwas überrascht zu Dante, der ihren Blick bemerkt. »Sie trauert seit dem Tod, egal wie viel Zeit vergeht, sie wird niemals aufhören, um meinen Vater zu trauern.«

Camillas Herz zieht sich zusammen, wie kann etwas so schön und so traurig zugleich sein. Die Frau hat die gleichen Augen wie Dante und Suela und ein wunderschönes Gesicht, sie sieht sehr sanft aus, auch wenn man ihr ansieht, dass das, was Camilla eben gehört hat, nicht spurlos an ihr vorbeigezogen ist, genauso wie alle anderen Frauen dieser Familias ist sie davon geprägt worden. Sie lächelt von Herzen und umarmt erst Suela, dann Dante und als Dante sie vorstellt, auch Camilla.

»Du weißt gar nicht, wie viel es mir bedeutet, dass mein Sohn endlich eine Frau gefunden hat, die er mit zur Familie bringt.« Camilla lächelt verlegen, es scheint allen viel zu bedeuten, dass sie jetzt hier ist. Dante lässt ihre Hand nicht los, doch legt den Arm um seine Mutter. »Mama, wieso hast du dir so viel Mühe gemacht, das hättest du nicht tun müssen.« Sie setzen sich um einen Tisch, der mit wilden Blumen, Kuchen und Pralinen gedeckt ist.

Sobald sie sitzen, füllt ihnen die Mutter allen dreien die Teller voll, Camilla probiert alles und lobt den Kuchen wahrheitsgemäß, er schmeckt wirklich gut.

»Früher, ganz früher, als an die beiden noch nicht zu denken war, habe ich in einer Bäckerei gearbeitet. Es war eine schöne Zeit, ich habe so viel gelernt, und wenn ich manchmal die modernen Rezepte ansehe, weiß ich, dass diese alten, einfachen immer noch die besten sind.«

Camilla bemerkt sofort, wie die zwar sanften aber doch sehr traurigen Augen von Dantes Mutter bei diesen Erinnerungen zu glänzen beginnen. Suela erzählt auch einiges von den Backkünsten ihrer Mutter, doch dann beginnen beide, Camilla ein wenig auszufragen.

Camilla erzählt, dass ihre Familie ganz im Süden lebt und sie aus einfachen Verhältnissen stammen, aber immer sehr glücklich waren. Auch wenn sie weiß, dass Dantes Familie alles andere als perfekt ist, verschweigt sie, dass sie keinen Kontakt zu ihrer Familie hat.

Sie reden über Suelas und ihr Studium, und immer wieder bemerkt sie, wie Dante sie beobachtet, während sie sich mit seiner Familie unterhält. Irgendwann nimmt er einen Anruf entgegen und verlässt den Pavillon. Als er zurückkommt, setzt er sich eng an seine Mutter und diese legt glücklich ihren Kopf an die Brust ihres Sohnes.

»Du hast einen guten Geschmack, mein Sohn, ich habe mir überlegt, dass, wenn ihr heiratet, ich ja eigentlich die Klinik verlassen könnte für einige Tage, aber vielleicht passiert dann was, also vielleicht könnten wir auch hier feiern, es ist so schön hier.«

Dante lacht leise und küsst das schwarze Tuch, welches die Haare seiner Mutter verdeckt. »Mama, darüber musst du dir noch keine Gedanken machen und wenn, dann finden wir bestimmt eine Lösung.«

Camilla lächelt auch und spürt, wie ihr die Röte in die Wangen fährt, doch die Mutter sieht sie völlig überzeugt an. »Ich kenne dich, mein Sohn, du kommst ganz nach deinem Vater und ich habe die Blicke gesehen, die du ihr schenkst. Das zwischen euch beiden ist genauso etwas besonderes, wie zwischen deinem Vater und mir. Ich sehe das, mein Sohn, vertrau mir.«

Suela jauchzt entzückt auf und Camilla sieht zu Dante, und als sie sich einen Augenblick in die Augen sehen, kann sie seiner Mutter nicht einmal widersprechen.

Belinda sieht sich betroffen um, es ist jetzt die dritte Beerdigung innerhalb weniger Wochen, irgendetwas muss das doch zu bedeuten haben. Sie sind auf einem Familienfriedhof, gleich neben einer wunderschönen kleinen Kirche, wie Alejandro ihr vorhin erklärt hat, liegen hier nur direkte Mitglieder der Familie Sombras. Abgetrennt davon gibt es einen Bereich, wo die restlichen Mitglieder der Cinco Sombras beerdigt werden. Beide Plätze sind komplett in weißem Stein gehalten, Engel und Maria-Figuren stehen überall neben Kreuzen.

Belinda hat vorhin, als sie den Friedhof betreten hat, versucht, die Namen auf den Gräbern zu lesen und eine Gänsehaut bekommen. Ihre Familie ist groß und viele hier sind sehr jung gestorben, sicherlich sind die wenigsten eines natürlichen Todes gestorben, genauso wenig wie Adrian, der ins Grab neben seinen Eltern gelegt wird, zumindest das von ihm, was man noch beerdigen kann.

Belinda fühlt sich schlecht, selbst sie hat bei der Rede des Priesters geweint. Es ist sehr still, die Beerdigung ist nur im allerkleinsten Kreis und findet schon am nächsten Tag nach seinem Auffinden statt. Neben ihrem Vater, Rehan und Ignacio ist nun auch die Mutter von Roman und Alena da, Belindas Tante, die sie trotz all der Trauer sehr liebevoll begrüßt hat.

Alena, ihre Tante und sie halten sich etwas weiter hinten, während Alejandro, Santos, Ponce, Levi, Roman und Suerte den Sarg zum Grab tragen.

Belinda hat die Nacht bei Alena verbracht. Ihre Cousine hat ihr erzählt, dass Adrian genau das am meisten gefürchtet hat. Seine Eltern sind damals in ihrem Auto eingeschlossen gewesen und das Auto wurde in Brand gesetzt. Sie haben versucht, mit allerletzter Kraft wenigstens Adrian zu retten, allerdings konnten sie keine Scheibe einschlagen und nichts tun.

Es war nur noch eine Frage der Zeit, bis das Auto komplett explodiert wäre, da kam zufällig ein Passant vorbei, er war so mutig und hat sich ans Auto getraut, die Scheibe eingeschlagen, und Adrians Vater hat Adrian aus dem Fenster gereicht.

Der Mann wollte ihn etwas weiter weg absetzen und zurück, doch genau da ist das komplette Auto explodiert. Adrian hatte einiges abbekommen, hat aber überlebt. Der Mann, der ihn gerettet hatte, war Suertes Vater, so ist er nah an die Sombras herangekommen, ohne wirklich zur Familie zu gehören, von da an war seine Familie ein Teil der Sombras.

Adrian hatte lange Angst vor Feuer, seine größte Angst war es, doch noch irgendwann zu verbrennen und genau das ist ja eingetreten.

Die Männer tragen seinen Sarg, als wäre es eine schwere Last, dabei liegt nicht viel drinnen, doch jeder möchte Adrian diese letzte Ehre erweisen. Belinda sieht in allen Augen Tränen, die Männer stehen aber alle schweigend am Grab. Niemand anderes durfte kommen, nur die allerengste Familie, später kommt sich der Rest der Familia verabschieden.

Ihr Vater ist der erste, der vortritt und Erde in das offene Grab und auf den Sarg schaufelt, dabei spricht er ein leises Gebet. Danach folgt Alejandro und ihr Vater kommt zu ihnen. Er küsst die Mutter von Alena und Roman, die vor Trauer so stark weint, dass sich ihr ganzer Körper schüttelt, auf die Wangen. »Ramiro, es beginnt wieder, spürst du es? Und es wird dieses Mal noch schlimmer als damals, ich spüre es genau.«

Ihr Vater schüttelt den Kopf und legt den Arm um Alena und Belinda, um beiden einen Kuss auf die Stirn zu geben. »Das waren nicht die Los Puentes, ich werde nicht zulassen, dass noch einer aus unserer Familie so sinnlos sein Leben verliert.«

Ihre Tante sieht ihn entschlossen an.

»Es will uns zumindest jemand an diese Zeit erinnern!«

Belinda kann nicht verhindern, dass sich bei ihr eine Gänsehaut bildet, ihr Vater sieht einen Augenblick zu Boden, doch da kommt Alejandro zu ihnen.

»Ich habe dem Priester gleich Bescheid gegeben, die offizielle Trauerfeier für die Familias findet in drei Tagen statt.« Ihr Vater nickt und Belindas Herz beginnt schneller zu schlagen. Das hat sie völlig verdrängt, das bedeutet, dass sie schon so schnell wieder auf Vidal treffen wird.

Kapitel 6

Camilla setzt sich an den großen Schminktisch in dem Hotelzimmer, in dem Dante und sie vor einer halben Stunde eingecheckt haben. Nachdem sie Suela wieder zuhause abgesetzt haben, sind sie direkt weitergefahren.

Dante hat noch mehr mit Camilla vor, möchte ihr aber partout nicht sagen, wo genau er hinmöchte. Deswegen haben sie jetzt hier angehalten und sich ein Zimmer genommen, Zimmer ist untertrieben, eine Suite trifft es wohl eher. Sie haben sofort lecker gegessen und jetzt ist Dante gerade unter die Dusche gegangen.

Camilla holt ihre Sachen aus der Tasche, Dante hat ihr nur das Nötigste zusammengepackt und gerade in der Hotellobby hat er darauf bestanden, dass sie sich ein schönes Sommerkleid in einer der dort ansässigen Boutiquen kauft, sie wird es wohl für morgen brauchen.

Camilla sieht sich um, sie haben einen riesigen Schlaf- und Wohnbereich hier, das Bett ist zweimal so groß wie Camilla es gewohnt ist und alles sieht so teuer aus.

Camilla kämmt sich die Haare und entfernt die Schminke des Tages, mittlerweile findet sie es gar nicht mehr komisch, ungeschminkt vor Dante zu sein, im Gegenteil, es kommt ihr fast so vor, als würde er es so viel lieber mögen. Die Dusche geht an und in Camillas Magen beginnt es angenehm zu kribbeln, Dante hat nicht einmal die Tür angelehnt, er ist eh sehr offen, es scheint ihm nicht unangenehm vor ihr zu sein.

Sie muss an die Worte seiner Mutter denken, dass es etwas Besonderes zwischen ihnen ist, daran, wie viel es wohl zu bedeuten hat, dass Dante sie heute mit zu seiner Familie gebracht hat und das Kribbeln in Camillas Magen wird immer stärker. Dante tut so viel, um sie glücklich zu machen, sie spürt, wie sehr er sich oft zurückhält und was er alles tut, um ihr eine Freude zu machen, ihr zu zeigen, was sie ihm bedeutet.

Es ist an der Zeit, dass auch sie mehr auf ihn zugeht und ihm genauso zeigt, dass auch er ihr mittlerweile sehr viel mehr bedeutet, als die leichte Verliebtheit, die sie am Anfang verspürt hat.

Camilla ist schüchtern, das liegt schon ganz allein an ihrer Erziehung und es fällt ihr nicht so leicht wie Dante, mit dem Thema Sex und nackter Haut umzugehen, doch sie möchte Dante zeigen, dass es ihr bei ihm leicht fällt, weil sie Gefühle für ihn hat, weil sie ihm mittlerweile vertraut und sich wohl bei ihm fühlt.

Camilla zieht sich das blaue Sommerkleid aus, sie streift ihren Slip ab und den BH und sieht sich einen Moment im Spiegel an, bevor sie leise zum Badezimmer geht, dessen Tür offen steht.

Das Bad ist natürlich auch riesig und die Dusche bietet viel Platz. Von allen Seiten wird man mit Wasser bestrahlt wie unter einem Wasserfall, nur nicht ganz so kräftig, die Türen zur Dusche sind aus Glas, sodass Camilla direkt auf Dantes Po sehen kann, er hat die Arme an der Wand abgestützt und hält den Kopf gesenkt, damit das meiste Wasser auf seinen Nacken trifft.

Dante ist ein hübscher Mann, daran besteht kein Zweifel und dass auch viele andere Frauen das so sehen, hat Camilla schon öfter bemerkt, doch sie kann gar nicht genug von seinem Anblick bekommen.

Sein Körper ist durchtrainiert, die Muskeln zeichnen sich an seinem Rücken ab, das Los Puentes-Tattoo am Arm, das Kreuz auf seiner Wade, seine Haare wirken im Wasser fast schwarz und sie weiß, dass er müde und kaputt ist, weil er so viel gefahren ist, nur um ihr eine Freude zu machen. In ihren Augen ist Dante in diesem Moment das Schönste, was sie je gesehen hat.

Erst als sie leise die Duschtür öffnet, dreht er sich um und bemerkt sie. Seine schönen Augen wandern sofort ihren nackten Körper ab, bevor er ihr wieder in die Augen sieht und sich zu ihr umwendet. Auch sie wird jetzt nass, von seinen langen Wimpern tropfen einige Wasserperlen, er will etwas sagen, doch sie ist schneller.

»Dass du mich heute zu deiner Familie gebracht hast, mitgenommen hast zu deiner Mutter, bedeutet dir sehr viel, oder? Es bedeutet, dass ich die erste Frau bin, die du so nah an dich heranlässt, an deinem Leben teilhaben lässt, habe ich recht?«

Camilla weiß gar nicht, wie sie es sonst ausdrücken soll, Dante steht nun dicht vor ihr, ein mildes Lächeln deutet sich auf seinen Lippen ab und seine Hand fährt liebevoll an ihre Wange.

»Es bedeutet, dass ich dich liebe, Camilla.« Camilla schließt einen Augenblick die Augen, das Kribbeln in ihrem Bauch breitet sich in ihrem ganzen Körper aus. Als sie die Augen wieder öffnet, lässt sie sich nur noch von ihrem Herzen führen. »Ich liebe dich auch, Dante.«

Ihre Hände legen sich um seinen Nacken und sie stellt sich auf die Zehenspitzen, während er sie erleichtert küsst. Camilla spürt das erste Mal wirklich, dass sich Dante ihrer Gefühle nicht so sicher war und wie erleichtert nun auch er ist.

Der anfangs so liebevolle Kuss zwischen ihnen wird schnell stürmischer, dieser kurze Moment hat so viel zwischen ihnen geklärt, sie lieben sich, Camilla ist bereit für eine Beziehung mit Dante, egal wie kompliziert es wird und wie sehr sie sich an sein Leben gewöhnen muss.

Auch Dante scheint einfach nur erleichtert zu sein. Seine Hände wandern über ihren Rücken bis zu ihrem Po, Camilla seufzt in den Kuss hinein und ermutigt ihn so, weiter vorzudringen, bis er mit seiner Hand wieder an ihrer empfindlichen Mitte landet und die Gefühle in ihr hochkommen, an die sie so oft denken musste.

Camilla stöhnt auf und legt den Kopf in den Nacken. »Ich liebe dich, Guapita.« Dantes Stimme ist rau, trotzdem hält er immer ihre Grenzen ein, als sie kurz davor ist, sich wieder ganz zu verlieren, entzieht sie sich ihm und lächelt ihn an, wobei sie auf ihrer Unterlippe knabbert, bevor sie sich vor ihm auf die Knie hockt.

Das letzte Mal war sie zuerst dran, heute soll er zuerst genießen können.

Sie lächelt, als sie Dantes Stöhnen und sein leises Fluchen hört, seine Hand in ihren Haaren spürt und wünschte, all diese neuen Gefühle würden niemals enden.

Auch am nächsten Tag muss sie noch an diese schöne Nacht denken, sie haben nicht viel geschlafen, sondern einfach die Zeit zusammen genossen. Camilla ist noch so in all diesen Gefühlen gefangen, dass sie kaum darauf achtet, wo sie überhaupt hinfahren. Sie träumt vor sich hin, Dante streicht immer wieder über ihre Wange oder ihre Waden.

Er lenkt sie lange Zeit ab, indem er ihr Geschichten erzählt aus seiner Kindheit, Erlebnisse mit seinem Vater, an die er sich erinnern kann und bis Camilla begreift, wohin sie unterwegs sind, ist es schon fast zu spät.

Sie sind so lange neben Feldern gefahren, dass Camilla erst richtig realisiert was passiert, als sie in ihr Dorf einfahren. »Was? ... Dante, was tun wir hier?«

Dante nimmt ihre Hand in seine und fährt mit ihr langsam die schmalen Kurven des Dorfes entlang, vorbei an der Kirche, erst jetzt bemerkt sie, dass er die ganze Zeit auf das leise gestellte Navi blickt. Die Kinder kommen angerannt, sie fahren hier mit einem Luxusauto entlang, dass sich niemals jemand von hier leisten könnte.

»Ich habe nach langen Recherchen Kontakt zu deiner Mutter aufnehmen können, ich wollte dich überraschen und auch nicht glauben, dass du für sie gestorben bist und dass ...«

»Camilla!« Camilla wendet sich von Dante weg, als sie zwischen all den Kindern ihre jüngste Schwester erkennt. Ohne darüber nachzudenken, reißt sie die Tür auf und schon liegt ihre Schwester ihr in den Armen. Dante hat angehalten und Camilla drückt ihre Schwester fest an sich, die zu weinen beginnt, auch Camilla weint.

»Wo warst du so lange?« Camilla drückt ihre Schwester von sich weg, um sie anzusehen und bemerkt erst da, wie lange sie wirklich weg war. »Es tut mir leid, Princesa, ich konnte nicht anders. Wie geht es allen?«

Sie nimmt ihre Schwester auf den Schoß und schließt die Tür, ihre Schwester winkt noch einmal stolz ihren Freundinnen. »Denen geht es gut, Mama weint viel seit du weg bist und sie wusste nicht, ob ihr gestern, heute oder morgen kommt, deswegen ist sie ganz nervös. Ist das dein Auto, Camilla? Ist das dein Freund Dante?«

Camilla ist ganz durcheinander, ihre Mutter erwartet sie, was bedeutet all das? Sie hätte gedacht, dass sie von ihren Eltern sofort wieder weggeschickt werden würde, sollte sie jemals hier auftauchen. Camilla bindet die wilden Locken ihrer Schwester zusammen wie früher. Sie haben beide diese wilden Locken, doch im Gegensatz zu ihr hat ihre Schwester überhaupt kein Interesse daran, sie zu bändigen.

»Ja, das bin ich und du bist ja eine richtige Mini-Version deiner Schwester.« Dante sieht lächelnd zu ihnen, während er ihren Hof ansteuert, er weiß genau, wo er hin muss. Dante greift nach Camillas Wangen und wischt ihr die Tränen weg, während ihre Schwester nickt. »Meine Mama sagt immer, dass ich mal genauso hübsch wie Camilla werde.« Sie halten und Dante nickt. »Bestimmt.«

Sobald der Wagen zum Stehen kommt, erscheint auch ihre zweite Schwester in der Haustür und die Hunde des Hofes kommen angerannt. Camilla steigt aus und schon liegt sie ihrer Schwester in den Armen. Wieder beginnen beide zu weinen, die kleine Schwester umarmt nun beide und so stehen sie eine Weile da, bis Camilla genau betrachtet wird.

»Du siehst so verändert aus, Camilla, ist das dieser Dante?« Schüchtern blickt ihre Schwester hinter Camilla und sie nickt, doch antworten kann sie nicht, da in dem Moment ihre Mutter aus der Haustür kommt und sich ein Taschentuch vor den Mund hält, trotzdem hört man ihr lautes Schluchzen. Camilla hätte mit allem gerechnet, aber nicht mit der Erleichterung, mit der sie ihre Mutter in die Arme schließt.

»Ich habe jeden Tag dafür gebetet, dass es dir gut geht.« Plötzlich steht auch ihr Vater neben ihnen und sieht streng zu ihr.

Ihren Eltern sieht man beiden die harte Arbeit auf dem Land an, sie sind einfache und ehrliche Leute, doch Camilla hat bei beiden immer besonders die vielen Lachfalten um die Augen herum geliebt. Gerade ist bei beiden nicht mehr viel davon zu erkennen, ihre Mutter hat wie immer ihre Haare hinter einem Tuch versteckt und sieht erschöpft auf, während ihr Vater sie mit zusammengekniffenen Lippen beobachtet.

»Lass sie erst einmal ausruhen, sie haben eine lange Reise hinter sich, du weißt doch wo Fajardo liegt.« Ihre Mutter drängt sie zum Tisch vor dem Haus, an dem sie fast immer beisammen sitzen. Sie gibt Dante die Hand und ihr Vater begrüßt ihn ebenso, auch wenn man spürt, dass die Luft zwischen ihnen allen noch sehr dünn ist. Doch Dante lächelt Camilla zuversichtlich an, während sich ihre kleine Schwester zwischen Dante und Camilla quetscht und ganz aufgeregt beginnt, Dante über Fajardo auszuquetschen.

Für sie ist das eine komplett andere Welt, auch wenn sie alle in Puerto Rico leben, könnten die Unterschiede nicht größer sein, für Camilla waren Städte wie Fajardo oder San Juan immer unvorstellbar weit weg. Ihre Mutter holt Kuchen und für alle frisch gepressten Orangensaft. Camilla trinkt gleich zwei Gläser und streichelt über den Kopf von Pepe, ihrem Lieblingshund am Hof, der sich vor sie setzt. Wie hat sie diesen Geschmack und Geruch der Natur vermisst.

Sie wollen gerade anfangen sich zu unterhalten, als der Dorfälteste zu ihnen in den Garten kommt. Beeindruckt sieht er zu Dantes Auto, natürlich hat er ihre Ankunft mitbekommen, seine Neugierde war schon immer viel zu groß. Er ist der wichtigste Mann im Dorf, jeder hört auf ihn und seine Meinung ist wie ein ungeschriebenes Gesetz. Camilla bemerkt sofort, wie ihr Vater unruhig wird, während ihre Mutter nur aufsteht und ihn höflich bittet, sich auch zu setzen.

»Sieh an, die verlorene Tochter ist nach Hause zurückgekommen. Siehst du, deine Sorgen waren umsonst, sie ist wohlauf.« Der Dorfälteste nimmt sich auch einen Schluck und nickt Dante und Camilla zu, während er sich zu Camillas Vater setzt.

»Am Anfang, als Camilla weggelaufen war, waren wir sehr wütend, ich weiß nicht, was ich getan hätte, wäre sie da wieder aufgetaucht. Aber ein paar Monate später hörten wir, dass eine Frauenleiche nur einige Kilometer von hier entfernt gefunden wurde.«

Ihre Mutter bekreuzigt sich. »Ich hatte solche Angst, das könnte meine kleine Camilla sein, ich bin wahnsinnig geworden bei dem Gedanken. Wir haben uns das Auto der Nachbarn geliehen … zum Glück war es nicht unser Mädchen. Auch wenn die andere Familie von da an in unsere Gebete mit eingeschlossen wurde, war ich so erleichtert, dass ich jeden Tag gebetet habe, dass es dir gut geht, egal was aus dir geworden ist oder was du tust …«

Camilla kämpft mit den Tränen. »Ich tue nichts Schlimmes, Mama, ich …« Dante greift nach Camillas Hand und unterbricht sie. »Wie alle wissen, habe ich mich gemeldet und um dieses Treffen gebeten. Ich kenne Ihre Tochter jetzt schon einige Monate und für mich ist sie so etwas Besonderes, dass ich unbedingt erfahren wollte, woher sie stammt und wer ihr all diese Werte und Manieren beigebracht hat.«

Camilla starrt Dante an, weiß er, was er da tut? Doch der fährt unbeirrt fort und hat plötzlich die volle Aufmerksamkeit ihres Vaters und des Dorfältesten.

»Wissen Sie, bei uns in den Städten leben so viele Mädchen, die all diese Werte nicht kennen, oder sie kommen von den Dörfern und vergessen sie, doch nicht Camilla. Sie hat mich von Anfang an fasziniert, so höflich und nett, ein Herz aus Gold, zu jedem freundlich und doch immer mit einem gewissen Abstand. Sie studiert und arbeitet nebenbei am Hafen, statt sich in irgendwelchen Clubs schnelles Geld zu verdienen.

Wissen Sie, wie lange es gedauert hat, bis Ihre Tochter überhaupt mal mit mir geredet hat? Wie lange ich kämpfen musste, damit ich sie zum Essen einladen durfte und etwas mehr über sie erfahren habe?«

Der Dorfälteste lacht und schlägt Camillas Vater anerkennend auf die Schulter, dessen Miene sich immer mehr erhellt. Camilla kann nicht fassen, dass Dante ganz genau weiß, was er hier sagen muss, um alle zufrieden zu stellen. »Ich möchte ganz ehrlich zu Ihnen sein, für mich war Camilla von der ersten Sekunde an etwas ganz Besonderes, ich weiß, was für Werte und Moralvorstellungen sie hat und verspreche Ihnen, dass ich sie respektiere.

Ihre Tochter ist mir sehr wichtig und weil ich weiß, wie sie aufgewachsen ist, war es mir wichtig herzukommen. Ich habe Sie angerufen und war von Anfang an ehrlich. Sie wissen, wer ich bin und was ich tue und jetzt auch, wie wichtig mir Ihre Tochter ist.

Ich kann Ihnen garantieren, dass Sie mit ihrer Erziehung alles richtig gemacht haben und stolz auf sie sein können. Ich sehe, wie sehr Sie ihre Tochter lieben und ich möchte, dass Sie wissen, dass ich alles respektiere, für was sie steht. Ich verspreche Ihnen, mich um Camilla zu kümmern und für sie zu sorgen und ich hoffe, dass Sie mir dafür ihren Segen geben, da ich Camilla genauso sehr liebe wie Sie es tun.«

Camilla wischt sich die Tränen weg, sie hätte gedacht, dass Dante irgendetwas erzählt, um alle zufrieden zu stellen, doch er hat jedes einzelne Wort auch wirklich ernst gemeint. Auch ihre Mutter weint und küsst Dante auf die Wange. »Meinen Segen hast du, mein Sohn.« Camillas Vater strahlt plötzlich und auch der Dorfälteste lehnt sich zufrieden zurück. »Du hast meinen Segen, Dante, und ich bin froh, dass du dein Zuhause und deine Werte nicht vergessen hast, Cami.«

Ihr Vater reicht erst Dante die Hand dann beugt er sich nach vorn und küsst Camillas Stirn, Cami, so hat immer nur ihr Vater sie genannt.

Camillas Herz quillt über vor Glück, der Dorfälteste sieht in die Runde. »Ihr habt eure Tochter gut erzogen, seht ihr. Die Boras zwei Häuser weiter, deren Tochter soll sich jetzt verkaufen an Männer. Aber ich wusste immer, dass Camilla anständig ist, wissen Sie, Dante, die Mädchen aus unserem Dorf …«

Camilla strahlt Dante an, der ihre Hand hochnimmt und sie küsst, während er dem Dorfältesten zuhört, ihre Mutter ist ganz gerührt und ihre Schwestern sind überglücklich und stolz. Camilla dachte, sie wäre für ihre Familie gestorben und denkt an die Zeiten, wo sie versucht hat, Dante und ihren Gefühlen aus dem Weg zu gehen und ist mehr als dankbar, dass am Ende doch ihr Herz gewonnen hat, was jetzt vor Glück hüpft.

Erst als es langsam zu dämmern beginnt, verlassen Dante und Camilla das Dorf, in dem sie aufgewachsen ist, wieder. »Das war wirklich … ich bin immer noch sprachlos.« Es hat so gut getan, wieder Zeit mit ihrer Familie zu verbringen, sie haben besprochen, dass die gesamte Familie in den nächsten Schulferien Urlaub in San Juan machen kann, Dante hat sie eingeladen.

So können sie alle zusammen Zeit verbringen und sich wieder näher kommen. Endlich ist zwischen ihnen alles wieder in Ordnung und Camilla ist sich sicher, dass sie jetzt täglich mit ihrer Mutter oder ihren Schwestern telefonieren wird.

»Ich meinte das ernst, ich wollte den Segen deines Vaters und dass du weißt, wie wichtig du mir bist.« Camilla kommt nicht zum Antworten, Dante hat gerade sein Handy wieder angeschaltet, was er die ganze Zeit aus hatte, da piepst es wie verrückt los. Schon die ganze Zeit hatte Camilla das Gefühl, dass etwas nicht stimmt, Dante sieht nach. »Was ist denn los?« Dante seufzt auf. »In zwei Tagen ist eine Trauerfeier. Adrian, einer der Sombras wurde umgebracht.

Camilla sieht ihn schockiert an. »Was? Wie ist das passiert? Adrian? Das ist doch Belindas Cousin? Wieso sagst du mir das nicht?« Dante schnalzt die Zunge und legt das Handy weg. »Das geht uns nichts an, ich wollte nicht, dass du abgelenkt bist und …« Camilla unterbricht ihn. »Dante, ich akzeptiere und verstehe eure Feindschaft, aber du musst meine Freundschaft zu Belinda tolerieren. Ich mag sie sehr und sie ist mir wichtig, bitte, lass das zu keinem Problem zwischen uns werden.«

Dante schweigt einen Augenblick und sieht auf die Straße vor sich. »Ich weiß, dass du Belinda magst, es ist ja nicht so, dass ich sie hasse ...« Camilla holt ihr Handy aus der Tasche. »Wäre diese Sache mit Vidal und ihr nicht passiert, säßen wir heute vielleicht gar nicht hier, weißt du noch, ihr Shooting am Strand?« Dante lacht leise. »Soll ich ihr jetzt etwa dankbar dafür sein?«

Camilla lächelt auch. »Du sollst unsere Freundschaft respektieren und mir nichts wegen ihr verheimlichen.« Er küsst ihre Hand. »Na ruf sie schon an.«

Camilla beugt sich zu ihm. »Ich liebe dich!« Es klingelt bei Belinda. »Ich denke, wir halten nochmal bei diesem Hotel, da kann ich dir zeigen, wie sehr ich dich liebe.« Camilla lacht, als er seine Hand an ihren Nacken führt, da geht Belinda ans Telefon.

»Hey Süße, ich habe gerade von deinem Cousin erfahren, es tut mir sehr leid ...«

Kapitel 7

Belinda sieht in den Spiegel, sie schläft noch immer in dem Zimmer, in das sie Alejandro am ersten Tag gebracht hat. Seit einigen Tagen ist es laut im obersten Stock, ihr Vater hat gesagt, dort müssten ein paar Arbeiten fertiggestellt werden.

Heute ist die Trauerfeier für die Familias, es ging alles sehr schnell hintereinander, da Adrian ja keines natürlichen Todes gestorben ist. Und weil man nicht einmal einen richtigen Körper zu beerdigen hatte, haben sie ihn gleich bestattet und nun steht die Trauerfeier an, die sie für die anderen Familias geben müssen, damit diese mit ihrer Anwesenheit bestätigen, dass sie nichts mit der Ermordung von Adrian zu tun haben.

Eigentlich kommen nur Männer dahin, doch beim letzten Mal waren Camilla und Belinda bewusst dabei, um zu zeigen, dass sie zu den Familias gehören.

Das liegt nur ein paar Tage zurück und ihr Vater denkt, dass Belinda und er heute auch wieder daran teilnehmen sollten, da sie ja offensichtlich angegriffen werden und er klar machen möchte, was passiert, wenn man sich mit ihrer Familie anlegt. Soviel Belinda weiß, wird er noch eine Ansprache an alle Familias halten.

Als Alena erfahren hat, dass Belinda bei der Trauerfeier dabei sein wird, hat sie darauf bestanden, ebenfalls dabei zu sein und auch die Feier auszurichten.

Sie trauert besonders stark um Adrian, Belinda ist ihr seit der Beerdigung nicht mehr von der Seite gewichen. Sie spürt, dass Alena ihr dafür dankbar ist und dass sie sich so still und ohne drüber nachzudenken, sehr nah gekommen sind, so wie es sich für Cousinen gehört.

Sie haben zusammen zwei Bilder von Adrian ausgewählt und mit Alenas Mutter den Priester aufgesucht, der die Predigt abhalten wird. Dazu haben sie sich um das Buffett gekümmert und alles andere vorbereitet. Belinda ist die ganzen Tage, seitdem sie wieder zurück in Puerto Rico ist, nicht von der Seite ihrer Familie gewichen.

Ihre Brüder und Cousins sind sofort nach der Beerdigung einer Spur nachgegangen, die sie bekommen haben, dass es eine Familie gibt, die sich gegen sie aufzulehnen versucht. Sie wussten nicht, ob die etwas mit Adrians Tod zu tun haben, doch sie hatten auch keine andere Richtung, der sie folgen konnten, deswegen sind sie dorthin gefahren.

Es ruft sie immer jemand an, mal Ponce, mal Alejandro oder Santos, aber auch Levi, Roman und auch Suerte melden sich hin und wieder und fragen, ob bei ihr alles in Ordnung ist. Belinda wärmt es jedes Mal das Herz, wenn sie merkt, dass ihre Anwesenheit für alle immer selbstverständlicher wird.

Ihr Vater ist bei ihnen in der Cuidad geblieben. Belinda hat ihn oft traurig und nachdenklich vorgefunden und hat dann immer etwas mit ihm unternommen. Sie waren oft am Meer spazieren oder sind zu Orten gefahren, die ihre Mutter geliebt hat und sind sich einfach näher gekommen, haben Zeit zusammen verbracht, die sie die letzten Jahre verpasst haben.

Gestern Abend haben sie dann erfahren, dass ihre Brüder zwar auf die andere Familia getroffen sind, auch mitbekommen haben, dass diese vorhat, ihnen einige Geschäfte wegzunehmen, doch sie haben nichts mit Adrians Tod zu tun und sie stehen wieder bei null. Belinda ist sich aber sicher, dass ihre Brüder sich trotzdem an dieser Familie gerächt haben, sie hat allerdings gar nicht erst nachgefragt.

Sie hat kurz mit Camilla gesprochen, die ihr versprochen hat, auch heute dabei zu sein. April sorgt dafür, dass sie in einigen Tagen herkommt und sich Belindas Leben in Puerto Rico ansieht. Belinda ist wirklich gespannt, was sie dazu sagt.

Belinda hat eine schwarze Hose und eine schwarze Bluse an, sie schminkt sich nur die Augen ein wenig, lässt die Haare offen und steckt sich eine Sonnenbrille in ihre Tasche. Sie weiß, dass sie Vidal wiedersehen wird, doch sie hat sich vorgenommen, ihn komplett zu ignorieren und gar nicht erst zu versuchen, ihn zu beeindrucken. Er hat bei ihren letzten Treffen mehr als deutlich gezeigt, dass die Sache zwischen ihnen vorbei ist, mehr als deutlich …

»Bist du fertig?« Alena war gerade noch da und hat sich Ohrringe von ihr geliehen und dabei die Tür offen gelassen. Nun steht Alejandro im Türrahmen und hat sie ganz schön erschreckt. Ihre Brüder und Cousins müssen gerade erst zurück sein, trotzdem trägt Alejandro bereits eine schwarze Hose und ein schwarzes Shirt und blickt zu ihr.

Alejandro war von Anfang an kalt zu ihr, doch er hat sie nach Portland begleitet und sie haben sich angenähert, jetzt scheint er wieder diese Distanz aufrecht erhalten zu wollen. Belinda hat an Alejandro schon eine ganz besonders liebevolle Seite entdeckt und möchte die nicht wieder verlieren, also lächelt sie, geht zu ihrem großen Bruder, stellt sich auf Zehenspitzen und gibt ihm einen Kuss auf die Wange.

»Ja, bin ich und seit wann seid ihr wieder da?« Belinda sieht sofort, wie Alejandro weich wird, sie entdeckt aber auch einen etwas größeren Kratzer an seiner Stirn und eine Rötung auf seinem linken Arm, ein wenig unterhalb seines Ellenbogens. »Was ist da passiert?« Ihr Bruder dreht den Arm so, dass sie genau unter dem linken Ellenbogen ein A mit Bluttropfen erkennen kann. Das Tattoo ist nicht so groß wie sein Schriftzug auf dem rechten Arm, doch man erkennt es gut.

»Die andere Familia sieht schlimmer aus, Santos hat einen Messerstich ins linke Bein abbekommen, aber auch das heilt schon ab. Das Tattoo haben sich alle stechen lassen, für das Blut, was noch für Adrian fließen wird.« Belinda kann nicht verbergen, dass sie diese Antwort besorgt macht.

Ist in dieser Familie nicht schon genug Blut geflossen?

»Ich weiß nicht ...« Alejandro sieht wohl die Sorgen in Belindas Augen, legt den Arm um sie und bringt sie in den Flur. »Papa will dir etwas zeigen, ich sollte dich holen. Außerdem brauchst auch du dein erstes Tattoo.« Belinda sieht auf ihre Arme. »Ich bin nicht so ein Tattoo-Mensch. Ich bin, um ehrlich zu sein, ziemlich schmerzempfindlich.« Alejandro lacht leise und sieht auf ihre Arme. »Da passt auch nicht viel rauf. Du brauchst auf jeden Fall die Familienplaka.«

Er zeigt auf die Buchstaben CS zwischen seinem Daumen und Zeigefinger. »Was soll das genau sein?« Natürlich weiß sie, dass jeder diese Zeichen trägt, auch Vidal, Dante und die anderen tragen sie, eben nur LP. Bilder blitzen vor ihrem inneren Auge auf.

Sie liegt auf Vidals nackter Brust, beide sind müde, aber glücklich. Belinda streicht über die Buchstaben auf Vidals Hand, er verschlingt ihre Finger miteinander und sie küssen sich erneut.

Sobald diese Erinnerungen sie einholen, verdrängt Belinda sie wütend. »Das sind unsere Initialen, jede Familia trägt ihre hier, so etwas wie ein ... Aushängeschild. Es hilft auch sehr gut dabei, sofort zu erkennen, wer vor einem steht, wenn man auf andere Familias trifft.

Die Frauen tragen ihre meistens auf dem Handgelenk oder am Fußknöchel, an einer nicht ganz so auffälligen Stelle. Willst du deine Familia-Plaka bekommen?«

Belinda zuckt die Schultern. »Wie sehr tut das weh?« Alejandro lacht auf. »Es ist die Schmerzen wert, glaub mir!« Sie kommen nicht dazu weiterzusprechen, Ignacio und ihr Vater stehen vor der Treppe, die in das obere Stockwerk führt.

Belinda selbst war nur einmal kurz oben, dort liegen ein paar Arbeitsräume, ein Verhandlungsraum und ein Fitnessraum. Ihr Vater trägt genau wie Ignacio einen schwarzen Anzug. Sie möchten ja auch mit auf die Trauerfeier.

Ignacio sagt ihrem Vater noch etwas und geht dann an ihnen vorbei ins Erdgeschoss, während ihr Vater zufrieden auf Alejandro und Belinda sieht, noch immer hat ihr älterer Bruder den Arm um sie gelegt. »Ich wusste, dass ihr euch sehr schnell annähern werdet, Blut ist immer dicker als Wasser.«

Er hält einen Schlüssel hoch und erst jetzt sieht Belinda, dass man nicht mehr einfach so in den dritten Stock kommt, eine Tür ist eingebaut worden und offenbar soll sie diese jetzt aufschließen. »Ich weiß nicht, ob es dir so gut gefallen hätte, direkt ein eigenes Haus auf dem Grundstück zu bekommen, ich hatte das Gefühl, du fühlst dich hier sehr wohl.

Das Gästezimmer ist aber auch keine Lösung, du sollst dich ja hier wie zuhause fühlen und deswegen dachte ich, dass du vielleicht dein eigenes Reich hier haben möchtest und dann unser Zuhause, die Cuidad Sombras auch als dein Zuhause ansehen kannst, denn das ist es. Wir alle möchten, dass du dich hier wie zuhause fühlst.«

Er überreicht ihr die Schlüssel, Alejandro sieht seinen Vater an und lächelt, auch sie spürt, dass ihr Vater ganz aufgeregt ist. Belinda ist ein wenig überrumpelt, sie hatte sich auf die Trauerfeier eingestellt, doch natürlich ist sie selbst neugierig, was jetzt hinter der Tür passiert ist. »Alena hat mir mit der Dekoration geholfen, ich hoffe, es gefällt dir.«

Belinda öffnet die Tür und steht in einem riesigen hellen Loft. Es ist eine Fläche, die ganz hell mit weißen und beigen Tönen gehalten ist. Es gibt mehrere kuschelige weiße Teppiche, in der rechten Ecke steht ein riesiges Bett, daneben ein Schminktisch und einige Kommoden, alles ist weiß, doch überall gibt es Pastellfarben wie Flieder oder ein ganz zartes rosa. Man sieht, hier wurde alles bis ins kleinste Detail durchdacht.

In der linken Ecke stehen zwei riesige weiße Sessel und eine Couch, dazwischen ein Glastisch, wieder die weichen Teppiche, wieder die fliederfarbenen Accessoires. An einer anderen Wand stehen einige Bücherregale und ein großer massiver Schreibtisch mit Laptop, ein Fernseher hängt an der Wand, der fast so groß wie eine Kinoleinwand ist, überall stehen Kerzen und Blumen, es ist unglaublich.

Belinda betritt einen Raum, der von diesem Raum abgeht und ein begehbarer Kleiderschrank mit Sesseln und Spiegeln ist. Ein Bad geht auch noch ab, das ebenfalls ganz hell gehalten ist, nur pastellfarbene Farbtupfer ziehen sich durch alles. Sie hat hier eine riesige Dusche und eine runde Badewanne, dazu einen Whirlpool. Belinda tritt auf eine Terrasse, die das Ganze umrundet.

Sie ist ganz oben, nur der Himmel ist über ihr. Es gibt Tische und Liegen, sogar einen eigenen Pool hat sie hier, etwas kleiner als die unten, aber Belinda traut ihren Augen kaum. »Falls du mal ohne die ganzen wilden Männer am Pool sein möchtest.« Ihr Vater steht hinter ihr, Belinda ist sprachlos, von einer Seite der Terrasse sieht sie aufs Meer, von der anderen auf die Cuidad, von einer kann sie in Richtung San Juan blicken und bei der anderen aufs Land.

»Es ist ...« Sie will sich zu ihrem Vater umdrehen, doch sie bemerkt noch etwas. An zwei Wänden ist mit Bildern eine Art Bordüre entstanden. Die Bilder sind relativ groß und alle schwarzweiß. Eines zeigt ihre Mutter und sie, und Belinda kommen gleich die Tränen.

Eines zeigt den Schriftzug des Restaurants, nachdem sie benannt wurde, was sie selbst auch fotografiert hatte, was aber zerstört wurde. Eines zeigt Belinda als Baby, als sie gerade laufen lernt mit süßem Kleid und Zöpfen, daneben ist ein Bild von Belinda und ihrem Vater, das erst vor zwei Tagen entstanden ist, daneben das Bild ihres Vaters und ihrer Mutter, wie sie glücklich in die Kamera strahlen.

Auf der anderen Seite ist genau die gleiche Fotobordüre. Das erste Bild zeigt Belinda und April, es ist ihr absolutes Lieblingsbild von ihnen, ein Bild zeigt Belinda und Alena. Sie erinnert sich, wie Alena erst letztens darauf bestanden hat, ein Foto machen zu lassen. Das nächste zeigt den allerersten Abend, als Alejandro und die anderen sie hergebracht haben.

Sie sitzen alle ums Feuer herum, auch Adrian ist auf dem Bild und Belinda kann sich noch genau an den Abend erinnern. Belinda wischt sich Tränen weg, daneben ist ein Bild von ihr und Tante Laura und daneben ein Bild, das sie April geschickt hatte, von ihrem neuen Job, dort stehen Camilla, Pablo und sie vor dem Casitas.

Belinda dreht sich gerührt zu ihrem Vater um. »Ich hoffe, es ist nicht schlimm, dass Alena mit April Kontakt aufgenommen hat für die Bilder … Ich hoffe es gefällt dir und du fühlst dich wohl, wenn nicht, können wir auch …« Belinda springt fast schon in die Arme ihres Vaters, der sie lachend an sich drückt.

»Es ist wunderbar, ich liebe es, ich kann nicht glauben, dass ihr euch solche Mühe gebt, ich …« Ihr Vater streicht ihr die Tränen aus den Augen und nickt zu Alejandro, der sich das Bild ansieht, welches sie und April zeigt.

»Wir möchten wirklich, dass du das hier ab jetzt als dein Zuhause ansiehst und bei uns bleibst.«

Santos betritt Belindas Reich. »Wow, Schwesterherz, darf ich ab und zu bei dir schlafen? Kommt ihr? Es warten alle unten.« Belinda hat für einen Augenblick die Trauerfeier total vergessen, doch sie nickt und sieht auf das Bild, auf dem auch Adrian verewigt mit ihr zusammen abgelichtet ist. Sie küsst ihren Vater noch einmal auf die Wange und zusammen gehen sie nach unten, vor das Haus.

Santos humpelt ein wenig und hat dunkle Ränder unter den Augen. Auch wenn er den Arm um sie legt und sie frech angrinst, als sie ihn nach seiner Verletzung fragt, merkt man, dass es ihm nicht wirklich gut geht, doch wahrscheinlich würde sich ein Mann wie Santos oder einer ihrer anderen Brüder eher die Zunge abbeißen als zuzugeben, dass sie Schmerzen haben und sie in Trauer sind.

Santos und Ponce tragen auch schwarze Anzüge mit schwarzen Hemden, Roman und Levi wie Alejandro nur eine feine Hose und ein schwarzes Shirt. Suerte kommt mit einigen der Männer, die

Belinda nun auch langsam alle ein wenig besser kennt, offenbar fahren dieses Mal mehr Männer mit.

Wieder einmal ignoriert Belinda die Waffen, die sie alle bei sich tragen, sie steigt mit Alena zu ihrem Vater und Ignacio ins Auto und bedankt sich noch einmal ganz besonders bei ihrer Cousine.

Alena ist so eine wunderschöne Frau mit ihrer olivfarbenen Haut, den grünen Augen, sie ist schlank und hat doch die richtigen Rundungen und ihre Haare schimmern in der Sonne. Sie trägt ein knielanges schwarzes Kleid und setzt sich ebenso wie Belinda eine Sonnenbrille auf, als sie losfahren.

Sie haben eine andere Kirche für die Feier genommen als die Los Puentes, ihre steht zwar auch noch auf neutralem Gebiet, aber etwas näher bei ihnen, sie ist zwar ein wenig kleiner, aber Belinda findet sie wunderschön. Es ist noch niemand da, als sie ankommen, doch es ist alles schon so aufgebaut, wie sie es sich vorgestellt haben.

Suerte läuft neben ihr und hält sie kurz am Arm zurück. »Geht es dir gut?« Belinda nimmt ihre Sonnenbrille nicht ab und sieht dennoch in die sanften Augen des wilden Suerte. Sie spürt seine Annäherungen und sie kann ja nicht einmal behaupten, dass sie ihr unangenehm sind. Er ist ein schöner Mann, mit seinen Locken und seinem leichten Bart, der dunklen Haut, er wirkt sehr anziehend, und er behandelt Belinda immer wie einen kostbaren Schatz, doch es fehlt dieses Kribbeln, wenn sie ihn anblickt.

Das Kribbeln, das sich allein bei Vidals Namen in ihrem Nacken bildet, obwohl sie weiß, dass es wahrscheinlich besser ist, sich an Suerte zu halten und Vidal endlich komplett aus ihren Gedanken zu verbannen. Vielleicht muss sie es nur stark genug wollen.

»Ja, es geht mir gut und dir? Fehlt dir etwas? Hast du etwas abbekommen?« Suerte lächelt und sie gehen weiter in den Garten der Kirche. »Nein, mich haut so schnell nichts um.« Levi läuft an ihnen vorbei und grinst breit. »Außer Alejandro, wenn er rausbekommt, dass du seine kleine Schwester anmachst.« Belinda muss leise lachen und bei Suerte bildet sich sogar eine kleine Röte auf den Wangen. Er ist wirklich süß, vielleicht muss sie dem Ganzen einfach eine Chance geben.

Sie gehen alle zusammen nach vorn in die Kirche vor die Bilder von Adrian. Als Belinda sich umsieht, sind es mindestens dreißig Männer, die hier sind und alle sehen aus, als würden sie am liebsten jemanden zermalmen, Belinda ist froh, dass sie das nicht ist.

Der Priester kommt, er spricht zu ihnen als Familie und Familia einige Worte und sie beten, dann bekreuzigt sich jeder vor Adrians Foto, bevor sich die restlichen Männer im Garten verteilen und nur die engste Familie auf den Stufen vor der Kirche verbleibt, um die anderen Familias zu begrüßen. »Ich hasse das!« Ponce spricht wohl allen aus dem Herzen.

Weder Alena noch sie haben große Lust, die anderen Familias zu begrüßen, da sie aber gesehen werden sollen, zumindest Belinda, bleiben sie einfach hinter den Männern in zweiter Reihe, so sieht man sie, keiner kommt aber an sie heran, was wohl den Männern auch nur recht ist. Belinda steht hinter ihrem Vater und Santos, als die ersten Familias kommen.

Sie ist erstaunt, wie höflich sie alle sind, einigen nimmt man ihre Anteilnahme wirklich ab. Als sie Alena danach fragt, sagt sie, dass ihre Familie und die Familia schon sehr beliebt sind, natürlich haben sie auch Feinde wie die Los Puentes, doch viele Familias zählen auch zu ihren Freunden und viele haben den lustigen Adrian gemocht.

Belinda muss nicht einmal hinsehen, sie spürt, wie sich Santos auf einmal versteift und alle sich ein wenig nach ihm umblicken, als die hübsche junge Frau aus dem Zeitungsladen in den Garten tritt und auf sie zukommt. Alena lächelt in Lillys Richtung, Belinda kann sich vorstellen, dass ihr Bruder Lilly wirklich geliebt hat, sie sieht aus wie ein Engel zwischen all den Leuten hier.

Sie trägt ein schwarzes, enges, aber knielanges Kleid, sie ist fast ungeschminkt, doch sie braucht auch keine Schminke. Ihre Haut sieht aus wie feines Porzellan, ganz eben und edel. Sie wirkt zerbrechlich und fehl am Platz, als sie zwischen all den Männern langgeht, doch sie begrüßt immer mal wieder einen von ihnen.

Als sie die Treppe hochkommt, ist es ganz still, als warten alle Santos Reaktion ab. Lilly hat ihre Haare offen und schiebt sie sich zur Seite, sie hat große blaue Augen und Belinda kann nicht verstehen, wie Santos eine Frau wie sie gehen lassen konnte. Statt Santos reagiert aber ihr Vater, der Lilly ja auch schon lange kennen muss.

»Ich habe davon gehört und …« Tränen steigen Lilly in die Augen, natürlich, sie kannte Adrian ja auch sehr lange und sehr gut. Ihr Vater tritt vor und nimmt sie in den Arm.

»Hey, kleiner Engel, Adrian hat dich immer wie eine Schwester geliebt, es würde sich freuen, wenn er wüsste, dass du hier bist.« Das scheint den Knoten zum Platzen gebracht zu haben und Lilly begrüßt alle mit einer Umarmung. Alejandro, Ponce und Levi drücken sie lange an sich und küssen ihre Stirn, als sie zu Santos kommt, erscheinen schon die nächsten Familias und er reicht ihr die Hand, damit sie nach hinten zu Belinda und Alena kann.

»Bleib bei meiner Schwester und Alena.«

Alena begrüßt Lilly mit einer langen Umarmung und Belinda lächelt Lilly freundlich an, doch sie haben keine Zeit, um ein paar Worte zu wechseln, denn in dem Augenblicklich spürt man die Veränderung in der Luft, als vier schwarze Geländewagen halten und die Los Puentes aussteigen.

Kapitel 8

Belinda weiß nicht wohin mit ihren Blicken, sie sieht zu Alena, in die Kirche, sie möchte verhindern, dass Vidal und ihr Blick sich begegnen, doch dann fällt ihr erst wieder ein, dass sie ja eine Sonnenbrille aufhat. Früher hat sie es geliebt, durch die dunklen Gläser alle Menschen heimlich zu beobachten, wenn sie an der Bushaltestelle stand und auf den Bus gewartet hat. Sie ist so etwas wie ein kleiner Profi darin.

Belinda hält ihren Kopf, als würde sie desinteressiert woanders hinsehen, dabei gehen ihre Augen die Reihen der Los Puentes ab, die sich ihren Weg zu ihrer Familia bahnen. Es sind alle dabei, Dante, Benito, Elian, Cuca, Aaron, einige Männer, die sie öfter mit ihnen gesehen hat. Neben Dante läuft Camilla und sieht besorgt zu ihr hinauf, Dante hält ihre Hand.

Sie sind ein schönes Paar, anders kann man es gar nicht beschreiben. Sie hat Camilla vermisst und sie weiß es auch zu schätzen, dass sie hier ist. Auch die Puentes nehmen normalerweise keine Frauen mit zu diesen Trauerfeiern, doch Camilla ist ihretwegen hier.

Belinda bereut es sofort, als sie neben Camilla Vidal erblickt. Ihr Herz schlägt augenblicklich schneller, als sie ihn ansieht, wie kann das sein? Sie hat ihn gerade mal ein paar Tage nicht gesehen und noch immer nicht verdaut, was er getan hat, sie kocht innerlich vor Wut, doch sie kann ihr dummes kleines Herz nicht daran hindern, schneller zu schlagen und sich sehnsüchtig zusammenzuziehen.

Vidal trägt einen schwarzen Anzug und ein schwarzes Hemd, an dem oben einige Knöpfe offen sind. Man erkennt die Buchstaben LP an seinem Hals. Seine Haare wirken etwas kürzer und frisch geschnitten, er trägt einen ganz leichten Dreitagebart, er wirkt dunkler, was kein Wunder ist, immerhin war er auf der Jacht unterwegs, wer weiß, wie lange er die Zeit mit der Frau genossen hat, die eigentlich für sie beide gedacht war.

Belinda atmet tief aus, als Vidal lächelt, nachdem Benito ihm etwas gesagt hat, sie liebt sein Lächeln.

Er sieht nicht, dass Belinda ihn beobachtet, doch seitdem sie zu ihm blickt, liegen seine Augen auf ihr. Ohne Hemmungen starrt er zu ihr, seine dunklen Augen funkeln, und nicht einmal wendet er den Blick von ihr. Belindas Magen zieht sich zusammen, wieso tut er das? Zugegeben, sie starrt ihn genauso an, aber wenigstens tut sie es heimlich.

Er lässt den Blick nicht von ihr ab, Belinda kann nicht einmal erkennen, wie er sie ansieht, was dieser Blick zu bedeuten hat, erst als er unten an der Kirche ankommt und die engsten Mitglieder der Familia nach vorn treten, um ihr Beileid auszusprechen, wendet er den Blick ab. Belinda fühlt sich augenblicklich leer und traurig. Sie ist sauer auf sich selbst, dass sie diese Gefühle, die Vidal in ihr auslöst, nicht abstellen kann.

Alle haben Abstand, die Blicke, die sich die Familias zuwerfen, sind tödlich. Es besteht kein Zweifel, dass sie tief verfeindet sind. Vidal spricht sein Beileid aus, man muss ihn nicht mal so gut kennen, wie sie es tut, um zu spüren, dass es nicht echt ist, und das macht sie noch wütender. Doch trotz all dem kommt Camilla zu ihr, sprich ihrem Vater, der vor ihr steht, ihr Beileid aus und tritt an ihm vorbei zu Belinda. »Hey, Süße.«

Sie kommt mit den Puentes und gehört quasi zu ihnen, doch allein die paar Tage, die sie im Café zusammen gearbeitet haben und dass ihre Familie sie dort öfter gesehen hat, lässt es zu, dass keiner sich darüber wundert oder etwas sagt. Camilla und Belinda umarmen sich, und trotz all der Feindschaft ist das offenbar für beide Familias mittlerweile in Ordnung.

Belinda stellt Camilla endlich Alena vor und auch Lilly, selbst wenn sie diese noch nicht so gut kennt. Während sie miteinander reden, spürt sie, wie Vidal an ihr vorbeigeht, wieder sieht sie bewusst nicht hin, nach ihm kommt Elian, als sie zu ihm sieht, nickt er ihr zu und sieht einen Moment zu Alena. Sobald Vidal in der Kirche ist, ist sie mehr als stolz, es geschafft zu haben, den

Augenkontakt so lange zu vermeiden, dass er jetzt denkt, sie hätte ihn komplett ignoriert.

Auch sie gehen langsam alle in die Kirche, Camilla und sie laufen etwas weiter hinten. Als sie auf den Bildern entdeckt, wer Adrian war, drückt sie noch einmal traurig Belindas Hand. Adrian war einen ganzen Vormittag bei ihnen im Café und hat ihnen mit dem Anbringen der Bilder geholfen, dabei hat er Belinda und Camilla immer wieder zum Lachen gebracht.

Camilla bleibt bei den Mittelplätzen stehen und flüstert Belinda zu, dass sie sich später sehen, dann setzt sie sich zu Dante, der Belinda zunickt. Natürlich hat Belinda in der Kirche keine Sonnenbrille auf, und dieses Mal schafft sie es nicht, sie trifft auf Vidals Blick, der neben Dante sitzt und alles in ihr zieht sich zusammen, es ist nur ein winziger Augenblick, doch der lässt sie stehenbleiben, sie kann diese Gefühle in sich nicht ignorieren und auch Vidal sieht ihr unbeirrt in die Augen.

»Komm!« Plötzlich ist Suerte neben ihr, legt den Arm um sie und nimmt sie mit nach vorn, wo sich ihre Familie hinsetzt. Als sie sich zu Alena setzt, die neben Lilly und Ramiro sitzt, beugt sich Alena zu ihr. »Was war das denn? Dieser Vidal sieht dich an, als wolle er dich auffressen.« Lilly neben ihnen sieht ebenfalls neugierig zu ihr, aber Belinda winkt ab. »Das bildest du dir ein.«

Nein, tut sie nicht und Belinda bildet sich die brennenden Blicke im Rücken garantiert auch nicht ein, was hat er plötzlich? Vor einigen Tagen hatte er eine andere bei sich, mit der er garantiert einige schöne Tage hatte, wieso benimmt er sich jetzt so? Will er sie einfach nur provozieren?

Belinda konzentriert sich auf die Trauerfeier, die wirklich sehr respektvoll und schön vom Priester gehalten wird. Alena und sie bleiben noch sitzen, die Männer stehen nach und nach auf, auch Lilly bleibt bei ihnen auf der Holzbank sitzen.

»Weißt du noch, als er jedes Mal vor uns ins Meer gegangen ist, um nachzusehen, ob da Haie sind, weil ich so einen Schiss hatte?« Alena lacht bei Lillys Erinnerungen.

»Jedes Mal, wenn Santos etwas angestellt hat, hat er mit ihm gemeckert, weil er der festen Überzeugung war, dass man Engeln wie dir nicht wehtun darf.« Auch Belinda muss lächeln, sie sehen zu den Bildern, den vielen Blumen, Kränzen und Karten und schweigen, bis sie hören, wie draußen Belindas Vater seine Rede beginnt und sie alle drei hinausgehen.

Ihr Vater steht am Eingang der Kirche, oben an den Treppen, als sie hinauskommen, winkt er Belinda zu sich. Oh nein, bitte nicht, unten haben sich alle versammelt, alle, die heute bei der Feier dabei waren. Dieses Mal spürt sie nicht nur Vidals Blick auf sich, sondern den von jedem der hier Anwesenden.

»... meistens seid ihr bereits die nächste Generation und ich habe mit euren Vätern zu tun gehabt, wie ihr wisst, erledigen die Geschäfte der Cinco Sombras nun auch meine Söhne und Neffen, doch dieses Anliegen und der Grund dieses Treffens hier bringt mich dazu, noch einmal mein Wort an euch zu richten.

Auch noch einmal für den Allerletzten, der es noch nicht verstanden hat. Das hier ist meine Tochter und die Schwester von Alejandro, Santos und Ponce.« Belinda spürt, wie sie rot wird und blickt zu Boden.

»Sollte irgendeine Familie oder irgendein Lebensmüder auf die Idee kommen, sie auch nur falsch anzugucken, wird er die nächste Trauerfeier sein, die wir alle besuchen werden. Ich möchte, dass das allen klar ist. Diejenigen, die für den Tod meines Neffen Adrian verantwortlich sind, atmen gerade ihre letzten Atemzüge. Wir finden euch und wir werden so hart zuschlagen, dass sich niemals jemand davon erholen wird. Ihr habt das Blut eines Sombras fließen lassen, es gibt so einige, die genau wissen, was einem dafür blüht.«

Belinda folgt dem Blick ihres Vaters in Richtung der Los Puentes und trifft auf Vidals Blick, der amüsiert lächelt. Belinda findet all das nicht witzig, sie hat das Gefühl, keine Luft mehr zu bekommen. Als ihr Vater die Rede beendet und sich langsam alle im Garten verteilen, sagt sie ihm, dass sie schnell auf die Toilette geht. Hier sind die im zweiten Stockwerk der Kirche und Belinda atmet tief ein, als sie sich kaltes Wasser ins Gesicht spritzt.

Das alles ist ein wahrer Alptraum.

Die Tür wird aufgerissen und Vidal tritt ein. Belinda wirbelt sauer zu ihm um. »Spinnst du, das ist eine Frauentoilette.« Er lehnt sich ihr gegenüber an eine Toilettenkabinentür und verschränkt die Arme. Belinda ist ihm zugewendet und krallt sich am Waschbecken fest, sie darf nicht schwach werden. »Interessiert mich nicht, siehst du es jetzt?«

Belinda ist überfordert. »Sehe ich was?« Vidal hat noch immer dieses selbstgefällige Lächeln im Gesicht, er wirkt so unnahbar, unterkühlt und gelassen, doch wenn er das ist, was tut er dann hier bei ihr? »Wie schnell wir beide uns als Feinde gegenüberstehen.« Belinda lacht leise auf, er spinnt doch total, sie wendet sich wieder von ihm weg und trocknet sich die Hände ab.

»Das hat nichts mit den Familias oder sonst etwas zu tun, Vidal, bilde dir das bloß nicht ein. Wie wir uns gegenüberstehen, hast du alleine zu verantworten. Ich finde es übrigens sehr schade, dass du so kalt bist, was den Tod von Adrian betrifft, er war mein Cousin, ich hatte nicht mal die Möglichkeit, ihn richtig kennenzulernen.«

Vidal stößt sich von der Tür ab, Belinda beobachtet ihn im Spiegel, sieht, wie er näher zu ihr kommt. »Es … tut mir leid, was mit ihm passiert ist und dass euch die Zeit genommen wurde, zufrieden?« Belinda schnauft leise auf. »Etwas sagen und etwas meinen, sind zwei unterschiedliche Sachen …« Sie muss daran denken, wie sicher er geklungen hat, als er angekündigt hat, dass sie sich nicht mehr sehen können, und doch ist er jetzt wieder hier.

»Nicht wahr, Vidal, etwas sagen und etwas wirklich so zu meinen … ist schon etwas anderes?«

Vidal tritt genau hinter sie, am liebsten würde Belinda ihren Kopf an seine Schultern lehnen und die Augen schließen, alles aus den letzten Tagen vergessen und zurück in seine Arme flüchten, doch sie versteift sich, auch wenn ihr Atem schneller geht, als er ihre Haare zur Seite schiebt, seine Nase an ihren Nacken hält und tief einatmet. »Ich schwöre dir, dass ich diese Frau nicht genommen habe, nichts mit ihr hatte, was an das herankommt, was wir beide hatten.«

Vidals Stimme ist rau und leise, Belindas Herzschlag hallt in ihren Ohren wieder und sie schließt die Augen, als seine Lippen erst zärtlich ihren Nacken streifen und er dann einen Kuss darauf gibt.

Es wäre so einfach jetzt einzuknicken, und sie sieht auch, dass Vidal all das nicht so leicht fällt, wie er tut, er hat die Augen geschlossen, als er ihren Nacken küsst. Belinda dreht sich zu ihm um und sie sind so nah aneinander, dass kaum Luft zwischen ihnen ist. Alles in ihr schreit danach, ihn zu küssen, wieder zu spüren und auch Vidal blickt ihr sehnsüchtig in die Augen, doch Belinda weiß, dass sie jetzt nicht nachgeben darf.

Wie schwer es ihr auch fällt, sie stößt ihn von sich. »Das ist mir egal, du hättest sie nicht einmal anfassen sollen!«

Belinda verlässt die Toilette und lässt Vidal zurück, sie hört, wie etwas knallt in dem kleinen Raum, doch sie geht unbeirrt wieder nach unten und in den Garten, wo alle in kleineren Gruppen stehen, etwas trinken und sich unterhalten.

Alejandro winkt sie zu sich, vor ihm stehen einige Männer, die Belinda nicht kennt, sie sieht, wie Vidal von einer anderen Seite wieder in den Garten tritt, doch bevor sie überhaupt auf irgendetwas reagieren kann, taucht plötzlich ein Hubschrauber über ihnen allen auf. Er ist knallgelb und zieht ein Transparent hinter sich her auf dem LA FAMILIA! LA FAMILIA! steht.

Die Stimme des Affen, der in dem Paket und neben dem toten Adrian war, tönt laut von oben herunter auch mit 'La Familia', Belinda geht diese Stimme bis auf die Knochen, alle sind still und sehen nach oben.

Da knallt es laut und alle schrecken zusammen, Waffen werden gezückt, doch aus dem Hubschrauber fallen tausende kleine Konfettis, Luftschlangen und färben das Gras bunt, während die Stimme des Affen weiter LA FAMILIA! krächzt, im nächsten Moment ist der Hubschrauber weg, alle sehen noch immer geschockt in den Himmel und Belinda geht schnell zu Alejandro, bei dem jetzt auch Alena und Lilly stehen, Santos kommt auch, doch bevor sie etwas sagen können, tritt wieder dieser schmierige Kerl namens Nacho zu ihnen, man kommt kaum zum Ausatmen, so schnell geht alles.

Bisher hatte Belinda Nacho heute noch nicht gesehen, und auch er sieht verblüfft in die Runde. »Träume ich, oder ist Lilly wieder da?« Die hübsche Blondine, die neben Alena steht, verdreht die Augen und wendet sich ab, doch Nacho lacht laut auf. »Erst der kranke Scheiß mit dem Hubschrauber, dann steht Lilly plötzlich da, eure Partys waren echt immer die besten.«

Offenbar scheinen alle zu spüren, dass sich hier etwas zusammenbraut, denn neben Ponce und Levi kommen auch Vidal, Dante und Benito zu ihnen. Santos ist kurz davor auszurasten, das ist meilenweit spürbar. »Halt deine Fresse, Nacho, und verpiss dich.«

Alejandro versucht, die Situation zu retten, doch dieser Nacho grinst und sieht zwischen Santos und Lilly hin und her. »Du bist hier falsch, meine cremige Milchhaut, ich würde so gerne wieder von dir kosten, aber du musst zu einer anderen Familia ...«

Weiter kommt er nicht, Santos trifft ihn so hart, dass Nacho umfällt. Santos' Hand beginnt zu bluten, trotzdem wirft er sich auf ihn und innerhalb weniger Sekunden schlägt er immer wieder auf ihn ein. Nun kommen alle angerannt. Eine Schlägerei zwischen einem Sombras und einem Puentes scheint alle anzulocken.

»Du ehrenloser Hund ...« Alejandro schiebt Belinda weiter nach hinten, dann ziehen Ponce und er Santos von Nacho herunter, im selben Moment, als Vidal und die anderen ankommen.

Nacho setzt sich auf und spuckt Blut aus, doch noch immer grinst er zufrieden. Alejandro und Ponce haben wirklich Schwierigkeiten, Santos im Griff zu behalten. »Wenn euch das so viel ausmacht, kann ich auch gerne ein wenig an eurer geilen Schwester rumlec ...« Alejandro lässt Santos los und nun will er zu Nacho, doch Vidal ist schneller und reißt Nacho nach oben. »Reiß dich zusammen, halt die Schnauze und verschwinde zu den Autos. Lass deine persönlichen Rachefeldzüge sein!«

Ohne sie alle noch eines Blickes zu würdigen, ziehen die Puntes zu ihren Autos ab, Nacho blutend vorneweg und erst da scheinen Belinda, Lilly und Alena wieder atmen zu können. Ihr Vater steht auf der Treppe der Kirche und trinkt einen Schluck. »Scheiß Puentes!«

Belinda sieht hin und her, vollkommen fassungslos, was hier gerade passiert. Sie sieht den Puentes nach. Camilla deutet ihr an, dass sie sie anruft, alle steigen ein, doch bevor sich Vidal ins Auto setzt, trifft sein Blick noch einmal auf sie. Er sieht sie wütend an, fast schon tödlich, trotzdem weiß Belinda genau, bei ihr würde er nichts machen, niemals, und sie erkennt, dass Vidal nur ihretwegen gerade eingegriffen hat, weil Nacho über sie geredet hat und damit die Situation wegen ihr nicht eskaliert.

Sie erwidert seinen Blick, er schüttelt kurz den Kopf, steigt ein und gibt Gas. Belinda sieht auf das Chaos im Garten, die bunten Papierschnipsel, noch immer dröhnt die Stimme des Affen in ihrem Ohr, sie spürt Vidals Lippen in ihrem Nacken und sieht auf Santos, dessen Hand blutet und reibt sich die Stirn.

Was zur Hölle ist hier gerade passiert?

Lilly versucht, den Schock von gerade eben zu verdauen, während sie die Treppen der Kirche hinaufgeht. Sie wollte eigentlich wirklich nur an der Trauerfeier für Adrian teilnehmen, er war einmal wie ein Bruder für sie. Doch Lilly begreift langsam, dass diese Verbundenheit damals heute nicht mehr zählt. Ihr wird immer mehr bewusst, dass sie damals nicht nur Santos verloren hat, sondern alles, was für sie so viele Jahre fest zu ihrem Leben gehört hat.

Seine Familie war wie ihre, sie haben alles zusammen gemacht, geteilt. Es war nicht nur Santos, der ihr die zwei Jahre gefehlt hat, all das hier hat ihr gefehlt, war so lange ein Teil ihres Lebens, dass sie das Gefühl hatte, sich selbst verloren zu haben, als sie Puerto Rico den Rücken zugekehrt hat.

Besonders die erste Zeit in Frankreich fiel es ihr sehr schwer, doch sie hat begonnen, mit diesem Loch im Herzen zu leben. Heute alle wiederzutreffen, fühlt sich merkwürdig an, merkwürdig vertraut, merkwürdig fremd, Lilly kann es nicht einmal richtig beschreiben.

Sie klopft an die Toilettentür für Männer, hört aber nur ein vertrautes Fluchen und tritt einfach ein. Es ist doch schon fast krank, wie sehr sie diesen Mann liebt, nach all den Jahren, nach all den Verletzungen, die sie durch ihn erlitten hat, nach all der Zeit, die sie ohne ihn gelebt hat.

Santos blickt nur kurz auf, er hält seine blutende Hand unter Wasser und sieht dabei zu, wie sich Blut und Wasser vermischen.

Lilly hätte nicht damit gerechnet, dass sie auf Nacho treffen könnte, wenn sie ehrlich ist, hat sie ihn und die schrecklichen Erinnerungen an diese Nacht weit von sich geschoben, was ihr komischerweise sehr leicht gefallen ist, alles andere, was sie vergessen und verdrängen möchte, funktioniert nicht.

Sie hat weder damit gerechnet, ihn heute, noch jemals wieder zu treffen, und dass es nun so unglücklich gelaufen ist, hat sie nicht geahnt, sonst wäre sie nicht hergekommen. »Zeig mal her!« Lilly tritt ans Waschbecken und nimmt Santos' Hand in ihre.

Er zuckt nicht zurück oder entzieht ihr die Hand, doch er sieht sie nicht an, sein Blick ist weiter auf den Strahl von Blut und Wasser gerichtet. Lilly greift nach einigen Papiertüchern, nimmt seine Hand unter dem Strahl hervor und trocknet sie vorsichtig ab. Seine gesamten Knöchel sind aufgeschlagen. Deswegen blutet es so stark, Nacho hat schlimm ausgesehen, doch er hat sich nichts von den Schmerzen anmerken lassen.

»Vielleicht solltest du lieber zum Arzt damit, nicht dass etwas gebrochen oder verstaucht ist.« Lilly blickt hoch und trifft genau auf Santos' wütenden Blick, er ist noch immer geladen. Sie seufzt leise. »Du hättest ihn nicht noch einmal angreifen sollen, all das ist so lange her und er wollte dich eh nur provozieren.«

Santos lacht bitter auf und entzieht ihr die Hand, um sie wieder unter das Wasser zu halten. Lilly muss daran denken, wie zärtlich und liebevoll diese starken Männerhände zu ihr waren. Sie hat es geliebt, wenn er ihre Hand gehalten oder sie gestreichelt hat.

»Das Einzige, was ich wirklich bereue, ist, dass ich ihn damals nicht getötet habe.« Santos reißt sie aus ihren Träumereien. »Das hättest du, wenn dich die anderen nicht abgehalten hätten. Du warst ... wie von Sinnen.«

Lilly wird diesen Schlag von ihm niemals vergessen. Niemals hätte sie gedacht, dass er seine Hand gegen sie erheben könnte, doch dann hat er Nacho und sie vorgefunden. Lilly weiß noch, wie er auf Nacho eingeschlagen hat, immer wieder, das Blut ist gespritzt, man konnte kaum noch etwas erkennen, sie hatten Glück, dass Santos nicht bewaffnet war.

Lilly war so schockiert, sie hatte Angst, ihr war schlecht vom Alkohol, es kam alles zusammen, sie hat sich zwischen die beiden geworfen und Santos angeschrien, dass er aufhören soll. Sie wird niemals vergessen, wie angeekelt er sie angesehen hat und wie sehr sie seine Hand auf ihrer Wange geschmerzt hat, nicht wegen der Stärke des Schlages, einfach, weil er dazu in der Lage war, seine Hand gegen sie zu erheben, und die Worte, die er ihr zugezischt hat, haben ihr den Rest gegeben.

»Stell dich nicht schützend vor ihn, du Nutte, wie kannst du nur?« Es waren seine letzten Worte an sie für zwei Jahre, sie haben danach nicht mehr miteinander geredet und Lilly wollte nur noch weg, diese Welt hinter sich lassen, doch so wirklich hat sie es nie geschafft.

»Das Einzige, was ich wirklich bereue, ist es, dich geschlagen zu haben, das war, weil ich in dem Moment rot gesehen habe, aber ich wollte das nicht. Ich glaube, du weißt, dass ich dich niemals geschlagen hätte, wenn nicht … all das passiert wäre.«

Lilly sieht ihm überrascht ins Gesicht. Damit hätte sie jetzt nicht gerechnet, doch dann nickt sie nur und lächelt ein wenig. »Ich weiß, es ist damals so einiges schief gelaufen. Einiges …« Santos verliert das Wütende, er sieht ihr in die Augen. »Ich habe danach oft bereut, dass ich dir so oft wehgetan habe, mit den anderen Mädchen und all das. Es hätte nicht sein müssen, keine von ihnen war mir wichtig. Ich weiß nicht, vielleicht waren wir einfach zu jung, wir waren zusammen, seit wir wie alt waren … zehn?«

Lilly treten Tränen in die Augen, wie konnten sie das, was sie hatten, nur verlieren. »Vielleicht lag es daran … «

Ponce platzt herein. »Wir sind fertig, sollen wir das nochmal untersuchen lassen?« Santos winkt ab und schließt den Wasserhahn. »Wir fahren direkt zu allen Hubschrauberunternehmen in der Gegend, die diese Scheiß-Aktionen mit dem Banner machen. Der Hubschrauber muss gemietet worden sein, wir werden herausfinden, wer dahinter steckt.«

Santos nickt und Ponce sieht zwischen Lilly und ihm hin und her. »Kommt mir gerade vor wie ein Flashback … im positiven Sinn.«

Santos zerknüllt eine der Papierservietten und wirft sie nach seinem jüngeren Bruder. Ponce weicht lachend aus. »Sollen wir dich irgendwo absetzen?« Lilly schüttelt den Kopf, sie fährt direkt ins Hospiz, wo sie jetzt rund um die Uhr an der Seite ihrer Mutter wacht. »Ich bin selbst mit dem Auto hier, danke.«

Ponce und Santos gehen aus dem Bad, doch Santos hält noch einmal ein und wartet, bis sich sein jüngerer Bruder ein wenig entfernt hat. »Wenn ich ihn damals getötet hätte, dann könnte ich vielleicht die Bilder aus meinem Kopf vertreiben, dich und Nacho zusammen, ich werde sie nicht mehr los.« Er sieht ihr einen Augenblick in die Augen, aber dann geht er, und Lilly bleibt wie so oft allein zurück.

Das ist das Hauptproblem bei Santos, hat er sich einmal überlegt, was für Bilder sie alles im Kopf hat? Sie hat einen Fehler gemacht, einen Fehler, während er sie so oft verletzt hat, doch das, was am Ende zwischen ihnen liegt, ist dieser Fehler.

Sie bleibt bewusst so lange auf der Toilette, bis absolute Stille herrscht, erst dann geht sie nach unten, sie lächelt noch einmal die Bilder von Adrian an, er wird immer einen Platz in ihrem Herzen haben, dann fährt sie müde zurück zu ihrer Mutter. Sie ist erschöpft von all dem, was um sie herum passiert.

Es sind nur zwei Jahre, die sie nicht hier war, doch plötzlich kommt es ihr ewig vor und sie fühlt sich so viel älter und ausgelaugt, bereichert um Erfahrungen, die sie vielleicht gar nicht machen wollte. Sie hätte überhaupt nicht zur Trauerfeier kommen sollen, sie gehört hier nicht mehr her.

Kapitel 9

»Ich freue mich wirklich, wir werden am Strand liegen und uns alles erzählen, was die Tage passiert ist.« Belinda liegt auf ihrem Bett, sie sind erst seit einiger Zeit von der Trauerfeier zurück. Ihre Brüder und ihr Vater sind sofort losgezogen, um sich wegen des Hubschraubers Informationen zu verschaffen, sie hat mit Alena und ihrer Mutter gegessen und sich jetzt in ihre eigene Wohnung zurückgezogen.

Sie liebt es hier jetzt schon, sie hat April ganz viele Bilder geschickt und sie hat sofort angerufen. Nachdem sie über die Trauerfeier geredet haben, hat April erzählt, dass sie in anderthalb Wochen einen Flug gebucht hat. Es ist alles vorbereitet, sie kommt nach Puerto Rico und Belinda freut sich wahnsinnig.

April wollte wissen, ob Alejandro nach ihr gefragt hat und er hat tatsächlich gestern nebenbei am Handy nachgefragt, ob April jetzt kommt oder nicht.

Belinda versteht ihre beste Freundin, Alejandro ist ein sehr hübscher Mann, alle ihre Brüder sind das, doch April begreift gar nicht so wirklich, aus was für einer Welt sie hier kommen, Belinda hat es bis jetzt noch nicht richtig verstanden und hofft, dass ihre Freundin das jetzt alles bald mit eigenen Augen sieht.

Es klopft. »Ich rufe dich morgen nochmal an.« Belinda und April legen auf. Belinda hat sich umgezogen und geduscht und trägt nur noch eine kurze Sportshorts, ein Top und ist absolut ungeschminkt. »Ja?« Die Tür geht auf und Suerte blickt in ihre neue kleine Welt.

»Hallo, ich habe von deiner neuen Bleibe gehört und dachte, ich bringe dir ein kleines Willkommensgeschenk.« Er holt hinter seinem Rücken einen Strauß rosa Rosen hervor, die schon in einer Vase stehen.

Belinda winkt ihn herein und nimmt ihm die Blumen ab. »Dankeschön, und wie gefällt es dir?« Suerte sieht sich um, er hat eine Shorts und ein Muskelshirt an, auch er hat die Trauerkleidung schnell abgelegt, doch in seinem Gesicht sieht sie, wie sehr ihn der Tod von Adrian getroffen hat, wie alle hier.

»Es ist nett ...« Er geht bis zum Bett und sieht auf die Patchworkdecke, die ihre Mutter und Belinda zusammen angefertigt haben. »Sehr ... weiblich, aber nett.« Belinda schmunzelt und stellt die Blumen ab. »Soll ich ein paar Bierflaschen auf den Tisch stellen und ein paar Klamotten rumschmeißen, damit es männlicher wirkt?« Suerte lacht. »Ich glaube, auch das hilft nicht. Ich hab für zwei Stunden Aufsicht am Meer, ich dachte, vielleicht hast du Lust mitzukommen.«

Belinda wirft ihr Handy aufs Bett und nickt. »Gerne, hier denke ich eh zu viel nach und das ist nie gut.« Suerte und sie verlassen ihre Wohnung und gehen durch den Garten zum Meer, zwei Männer kommen gerade von dort und Suerte nimmt von einem die Waffe, es ist eine Art Gewehr, würde Belinda jetzt mal schätzen, sie hat aber natürlich keine Ahnung von Waffen.

»Seit wann bewacht ihr den Strand? Ich dachte, das machen die anderen Männer, nicht die Anführer.« Suerte nickt und sie gehen auf den Steg, doch statt sich auf die Stühle und an den Tisch zu setzen, setzen sie sich an den Rand des Steges und lassen die Beine ins Wasser. »Ist normalerweise auch so, aber wir werden gerade angegriffen und da überwachen wir alles lieber selbst ein wenig mehr. Ponce ist auch zurück und ist mit vorne am Tor.«

Belinda denkt an den Hubschrauber heute. »Meinst du wirklich, dass jemand unsere Familie direkt angreifen möchte?« Suerte legt die größere Waffe neben sich und zieht noch eine aus seiner Shorttasche. »Es sieht so aus, wir werden aber herausfinden, wer hinter all dem steckt, keine Sorge.«

Eine Haushälterin kommt mit einer blauen Kühlbox und nimmt die alte mit. Darin befinden sich Getränke und frisches Obst,

Belinda nimmt sich geschnittene Ananas und sieht aufs Meer hinaus.

»Er wird hier fehlen.« Auch wenn sie Adrian nur ein paar Tage kennengelernt hat, fehlt ihr jetzt schon sein lautes, einzigartiges Lachen aus dem Gemeinschaftsgarten.

»Ja, das wird er, aber wir dürfen deswegen nicht traurig sein.« Belinda bietet ihm ein Stück an und er nimmt es von ihrer Gabel. »Wieso nicht, ich finde es wichtig zu trauern, bis jetzt muss ich jedes Mal weinen, wenn ich an meine Mutter denke, sie fehlt mir so sehr.«

Kurz sehen sie sich in die Augen, Suerte ist ein verdammt hübscher Mann, und wäre nicht schon vorher die Sache mit Vidal gewesen, wäre sie sicherlich offen für seine Annäherungsversuche, so muss sie sich wirklich immer wieder ermahnen, dass das mit Vidal vorbei ist und sie Suerte eine Chance geben sollte.

»Das ist richtig und sie werden uns immer fehlen, doch besonders Adrian hätte nicht gewollt, dass wir hier traurig wegen ihm herumsitzen. Er wäre jetzt hergekommen und hätte uns beiden in den Arsch getreten, diese Trauermiene sein zu lassen.« Belinda muss leise lachen. »Da könntest du recht haben.«

Sie schweigen eine kleine Weile, Suerte holt Erdbeeren aus der Box und auch die essen sie gemeinsam, Belinda fühlt sich wohl mit ihm, sie liebt seine wilden Locken, die dunklen Augen, seine Tattoos … es gibt nichts, was dagegensprechen würde, Suerte eine Chance zu geben, außer eben die Stelle in ihrem Nacken, die bis jetzt noch kribbelt von Vidals Kuss.

»Ich habe vorhin mit Alejandro über dich geredet, dein Bruder macht sich schon sehr viele Gedanken um dich.« Belinda lächelt, mittlerweile wärmt sich ihr Herz richtig, wenn sie an ihre Brüder denkt, besonders an Alejandro, auch wenn er am Anfang so kalt zu ihr war und auch jetzt manchmal wieder damit anfängt.

»Alejandro bringt mir langsam bei, eine Sombras zu sein.« Sie muss lächeln, als sie an ihren Auftritt bei Lewis denkt. »Aber momentan muss es schneller gehen, wir wollen, dass du dich verteidigen kannst, falls jemand dich angreift. Es wäre eine gute Idee, wenn du eine Waffe ...« Er nimmt seine in die Hand und Belinda würde am liebsten aufspringen.

»Oh nein, niemals. Ich will keine Waffe.« Suerte lacht, steht auf und zieht sie auch hoch. »Komm schon, nimm sie einmal in die Hand.« Belinda sieht auf das silbern glänzende Metall. »Hab dich nicht so, nur in die Hand nehmen.«

Belinda lacht, als Suerte sie von hinten umarmt und ihr die Waffe in die Hände legt, zusammen halten sie die Waffe hoch. »Such dir ein Ziel.« Belinda sieht zu einer Möwe am Himmel, die ihre Kreise dreht und verfolgt sie mit der Waffe. »Siehst du, es ist ganz leicht und jetzt drück ab!«

Belinda dreht sich zu ihm um. »Du willst, dass ich eine Möwe erschieße?« Suerte lacht. »Stell dir vor, das ist eine böse Möwe, eine, die dich angreifen will.« Belinda kann nicht verhindern, dass sie ihn verblüfft ansieht. »Du bist ein Möwenkiller.« Suerte lacht noch mehr und Belinda kommt eine Idee. Sie legt die Waffe wieder auf den Steg und tritt ganz nah zu ihm.

»Weißt du, Frauen haben auch noch ganz andere Waffen, die sie einsetzen können.« Suerte wird ernst, als sie so nah an ihn herantritt, dass sie seinen Herzschlag spüren kann. Sie legt ihre Hand auf seine Brust und spürt, wie schnell sein Herz schlägt, dabei blickt sie ihm tief in die Augen.

Suertes Hand legt sich an ihre Wange, sie erhascht einen Hauch seines würzigen Duftes und ... ohne Vorwarnung gibt sie ihm einen Stoß und er fällt in Richtung Wasser. »Siehst d...« Suerte ist schnell und zieht sie mit. Verdammt, Belinda hätte mehr aufpassen müssen.

Sie tauchen beide ins Wasser und kommen lachend wieder hoch. Suerte schwimmt zu ihr, seine Hände umfassen sie. »Auch das musst du noch etwas üben!« Belinda lacht auf und drückt ihn unter Wasser, sie bemerken überhaupt nicht, dass Alejandro den Strand betritt und zu ihnen auf den Steg kommt, Suerte stukt sie ebenfalls unter, und als sie beide wieder auftauchen, blickt Alejandro zu ihnen vom Steg hinab.

»Du solltest ihr Schießen beibringen.« Belinda muss immer noch lachen und ihr Bruder hilft ihr aus dem Wasser. Durch das nasse Top sieht man etwas mehr, als man sollte, sofort zieht Alejandro sein Shirt aus und gibt es ihr, Belinda zieht es über.

»Er hat es versucht, aber ich schieße auf niemanden, nicht einmal auf Möwen.« Alejandro seufzt auf, Suerte muss allein aus dem Wasser steigen und zuckt die Schultern. »Ich habe es probiert. Was habt ihr herausbekommen?« Alejandro sieht Belinda in die Augen. »Aber es bleibt beim Tattoo!« Dann wendet er sich an Suerte.

»Wir haben den Hubschrauberverleih gefunden. Wir haben alles untersucht, den Laden komplett auseinandergenommen, aber die haben die Bestellung wirklich online bekommen, das Geld wurde per Brief geschickt, alles lief über den Namen B. Familia. Die Leute hat es auch gewundert, aber er hat gut gezahlt. Jetzt bereuen sie es natürlich, den Auftrag angenommen zu haben. Aber wie gesagt, es gibt keine Spur, wer dahinter stecken könnte.«

Belinda und Suerte sind beide enttäuscht, auch Belinda möchte, dass diese Sachen aufhören. »Wir grillen gerade, alle sind zurück, nur Santos ist woanders hin. Kommst du?« Belinda nickt und Alejandro sieht zu Suerte. »Soll ich dich ablösen lassen, oder brauchst du neue Klamotten?« Suerte lächelt Belinda noch einmal an und setzt sich dann zurück an den Steg. »Nein, schon gut, ich bleibe hier. Schick später jemanden mit einem Bier und einem Steak vorbei.«

Belinda und Alejandro verlassen den Steg und er legt den Arm um sie. »Ich glaube, Suerte mag dich, ich bin mir allerdings nicht sicher, ob ich es mag, wenn jemand meine kleine Schwester mag.« Belinda sieh zu ihm hoch und lächelt, wieder wärmt sich ihr Herz und sie weiß, dass das Eis zwischen ihnen getaut ist.

Lilly ist müde, mehr als das, doch ein vertrautes Gefühl lässt sie nicht weiterschlafen. Sie fühlt sich wohl, obwohl sie doch genau weiß, dass alles um sie herum zusammenbricht und weg ist.

Als sie langsam die Augen öffnet, sieht sie direkt in Santos' warme Augen. »Wach auf, Schlafmütze.« Lilly schließt die Augen wieder, sie muss träumen, doch als sie ein vertrautes leises Lachen hört, öffnet sie sie wieder.

»Komm schon, Lilly.« Sie setzt sich auf, sie träumt nicht. »Was tust du hier?« Santos hat noch immer die Sachen von der Trauerfeier an, doch immerhin hat er jetzt einen Verband um die Hand.

»Ich wollte nach deiner Mutter sehen, da hat mir die Krankenschwester gesagt, dass du immer hier bist. Du hast deine Sachen hier, duschst sogar hier und bleibst bei deiner Mutter am Bett ...« Lilly ist zwar müde, aber es beginnt in ihrem Kopf zu dröhnen. »Was erwartest du denn, Santos? Meine Mutter ist kaum noch wach, sie dämmert vor sich hin.«

Er sieht zu dem Bett, in dem ihre Mutter liegt. »Ja, aber sie hat keine Schmerzen, Lilly, sie leidet nicht ... im Gegensatz zu dir. Die Krankenschwester hat mir gesagt, dass du kaum isst, sie haben schon Angst, dass du ihnen umfällst.« Lilly hat keine Lust auf Diskussionen und zeigt auf seinen Verband.

»Warst du doch beim Arzt?« Santos hockt noch immer vor ihr, sie reibt sich die Stirn und sieht ihm in die Augen. »Nein, ich bin schon ein wenig hier, ich habe etwas bei deiner Mutter gesessen und die Krankenschwester hat darauf bestanden, mir den zu verbinden. Komm!«

Er steht auf und hält ihr die Hand hin. »Wohin? Ich muss bei Mama bleiben.« Santos greift nach ihrer Hand und Lilly steht auf. »Die Krankenschwester ruft an, wenn es irgendwelche Veränderungen gibt. Komm, wir essen etwas.« Lilly folgt ihm, sie trägt nur eine Jogginghose und ein enges Top, schlüpft in Flip-Flops und lässt ihre Haare offen.

»Ich will mich nicht umziehen, ich habe auch gar keinen richtigen Hunger und … ich sollte hier bleiben.« Lilly will umdrehen, doch Santos hat schon ihre Hand mit seiner umfasst. Die Krankenschwester, die gerade Dienst hat, lächelt ihnen zu. »Bringen Sie das arme Mädchen dazu, endlich wieder richtig zu essen.«

Santos nickt und Lilly folgt ihm nach draußen. Er lässt ihre Hand erst los, als er die Beifahrertür zu seinem Cabrio öffnet, Lilly kennt das silberne Auto nicht, doch sie kennt Santos und weiß, dass er sich immer neue Autos kauft.

Lilly steigt ein, sie hat es früher geliebt, mit Santos herumzufahren, auch jetzt streift sie sich müde die Schuhe von den Füßen, zieht die Beine zu sich hoch, macht es sich gemütlich und lehnt ihren Kopf an die Scheibe. Sie ist noch immer müde. Vielleicht ist es aber auch eine ganz andere Müdigkeit, die sie momentan hat.

Santos steigt neben ihr ein und stockt einen kurzen Augenblick, als er zu ihr sieht, dann schließt er das ausklappbare Dach und fährt los. »Es ist zwei Uhr nachts, wo sollte jetzt noch etwas offen sein?« Santos lehnt sich auch entspannt zurück, die Straßen sind fast leer, er fährt in Richtung Strand. »Du bist hier in Puerto Rico, schon vergessen?«

Lilly hat nichts wirklich vergessen, eher verdrängt. Als Santos die Strandpromenade anfährt, fällt ihr ihr altes Lieblingsrestaurant wieder ein, mit dem leckeren Maishähnchen mit Reis. Sie hat den Laden und ihr Lieblingsessen wirklich einfach aus ihren Gedanken verbannt. Santos hält genau gegenüber vom Meer auf dem fast leeren Parkplatz. Sie sehen direkt auf das Meer und den riesigen Mond, der über ihnen strahlt.

Lilly hat keine Lust, jetzt in das Restaurant zu gehen, doch Santos hat offenbar eh andere Pläne. »Setz dich nach hinten, mit diesen Riegeln kannst du die vorderen Sitze einklappen und nach vorne schieben, so hast du hinten viel Platz und kannst den Tisch hier ausfahren.«

Er geht zum Restaurant und Lilly setzt sich nach hinten, sie tut was er gesagt hat, und tatsächlich haben sie gleich viel mehr Platz und ein kleiner Tisch lässt sich in der Mitte herausfahren. Die Sitze hinten sind breit und weich, Lilly lehnt sich zurück, Santos' Jackett liegt hier und sie schlüpft hinein, da es nur in dem Top doch etwas zu kühl ist. Sofort umhüllt sie Santos' Duft und sie schließt die Augen.

Manchmal hat sie sich die Frage gestellt, was sich entwickelt hätte, wenn das an Santos' Geburtstag nicht passiert wäre, wie wäre es heute zwischen ihnen, wäre alles wie früher, sie immer an seiner Seite, bis er mal wieder etwas Neues braucht? Wäre sie vielleicht trotzdem gegangen? Das bezweifelt Lilly, sie hätte es nicht übers Herz gebracht, Santos zu verlassen. »Hey, nicht schlafen, du sollst erst etwas essen.«

Santos öffnet die hintere Tür, Lilly rutscht zur Seite und macht ihm Platz, es durftet herrlich, als er zwei Behälter mit seinen und ihrem Lieblingsessen auf den kleinen Tisch stellt und zwei Dosen Limonade dazu. Lilly hat tatsächlich nicht gemerkt, wie hungrig sie ist, bis sie jetzt diesen Duft inhaliert.

Santos hält ihr eine Gabel hin, natürlich bemerkt sie, dass er noch nicht einmal vergessen hat, wie sie das Essen am liebsten mag, ohne Zwiebeln und mit doppelt soviel Hühnchen. Schon beim ersten Bissen schließt Lilly verzückt die Augen.

»Ich habe wirklich vergessen, wie gut das schmeckt.« Sie hört Santos schmunzeln und nachdem sie mehrere Bissen genommen hat, wendet sie sich zu ihm um und wie früher pickt sie sich aus seinem Essen die besten Garnelen heraus. Sie hat das jedesmal gemacht und Santos hat ihr immer alles gegeben, er würde nie zögern, das zu tun, auch jetzt hat er ihr die besten Stücke übriggelassen und schiebt ihr noch einiges hin.

Sie reden ein wenig von Adrian, Santos erzählt ihr, wie er sein Leben verloren hat, auch wenn Lilly weiß, dass er ihr nicht alles sagen wird, das hat er nie getan, er wollte die schrecklichen Details immer von ihr fernhalten.

Als sie fertig sind, lehnt sich Santos entspannt zurück, Lilly fühlt sich ebenfalls etwas besser, auch wenn sie jetzt noch müder ist. Sie sieht auf das ruhige Wasser und den Mond. »Können wir noch kurz hierbleiben? Es ist so friedlich hier.«

Santos sieht auch zu dem Meer und nickt. »Es wird dir gut tun, mal ein paar Stunden da raus zu sein.« Lilly blickt zum Mond. »Ich habe vorhin darüber nachgedacht, was jetzt zwischen uns wäre, wenn das damals nicht passiert wäre.« Sie sieht Santos nicht an und es dauert ein wenig, bis er etwas dazu sagt. »Du wärst dann noch immer mit mir, Lilly, was sollte sonst sein, denkst du etwa, wir hätten uns sonst getrennt?«

Lilly lacht leise auf. »Ich weiß nicht, Santos, ich meine, ich weiß nicht, ob ich es so noch ewig ausgehalten hätte. Dich hat das mit Nacho verletzt, das ist richtig, doch weißt du, wie oft ich weinend in meinem Bett lag, weil ich genau wusste, dass du wieder auf einer Party eine andere hattest? Wir waren nie so wirklich offiziell ein Paar, ich weiß gar nicht, was wir damals waren. Du hast mich nie wirklich geschätzt, denke ich manchmal.«

Santos sieht sie nur an und sie erwidert den Blick, die Zeiten, in denen sie ihm ausgewichen wäre, sind vorbei, sie hat sich nichts vorzuwerfen, und Santos muss das auch endlich mal verstehen. »Denkst du, ich wollte dir an deinem Geburtstag wehtun? Ich habe dir alles gegeben, Santos, alles, meinen ersten Kuss, mein ganzes Herz, meine Jungfräulichkeit, es gab für mich niemals einen anderen Mann als dich. Weißt du noch, an dem Abend hattest du mir gesagt, ich soll schon nach oben gehen, du würdest bald nachkommen? Ich wusste, dass du es auf die eine Braunhaarige abgesehen hattest und ich habe es nicht verstanden.

Ich habe nie verstanden, wieso ich dir nicht genug war. Es hat mich so sehr verletzt, und das nicht zum ersten Mal. Jedes Mal, wenn so etwas war, ich habe es einfach heruntergeschluckt, ich wusste ja, dass du mich liebst. Ich wusste, dass es für dich nur Abwechslung war, doch es hat jedes Mal ein Stück von mir zerstört.

Ich bin damals nach oben und habe mir gesagt, nein, nicht heute, nicht an deinem Geburtstag, nicht schon wieder und bin zurück gekommen.«

Lilly sieht in Santos' Gesicht, dass er das nicht wusste, doch er lässt sie ausreden. »Ich habe euch gesehen, wie du sie zwischen den zwei Häuserwänden an die Wand geschoben hattest und sie geküsst hast, ich stand eine ganze Weile da und fragte mich, wie du das kannst? Ich habe es immer komisch gefunden, einen anderen Menschen so nah an mich heranzulassen, ich war so an dich gewöhnt, an deinen Geschmack, deinen Geruch, ich konnte nicht verstehen, wie du das ertragen hast, mein Herz ist in diesem Moment, glaube ich, endgültig gebrochen.

Als du ihr den Rock hochgezogen hast, bin ich gegangen. Ich habe mich in eine Ecke gesetzt und darüber nachgedacht, wieso du mich so wenig schätzt, dabei habe ich mehrere Cocktails getrunken, bis Nacho mich gefunden hat. Er hat gesagt, er bringt mich nach oben.

Dachtest du, dass es das erste Mal war, dass Nacho mich angemacht hat, dass mich andere Männer angesehen haben? Vielleicht wusstest du mich nicht zu schätzen, aber es gab immer Männer, die mich wollten, Santos ...« Lilly beginnt zu weinen, sie hat oft über all das nachgedacht, doch nie darüber gesprochen. Santos sieht ihr weiter ins Gesicht, auch wenn Lilly merkt, dass es ihm langsam schwerfällt, doch es fühlt sich an, als würde Lilly sich von einer riesigen Last befreien und sie hat nicht vor, das zu stoppen.

»... Es gab immer Männer, die mich wollten, Santos, nur wollte ich keinen von ihnen. Ich hätte das, was du getan hast, nie gekonnt und mich hat das so sauer gemacht in dieser Nacht, ich war so wütend, so verletzt, ich wollte wissen, wie du das kannst. Ich glaube, es ist eigentlich egal, wer das war, Nacho war einfach schon immer ein hinterhältiger Arsch und hat gemerkt, was los ist.

Statt nach oben hat er mich zu einer Liege gebracht und mich geküsst, und Santos ... es war das allerschlimmste Gefühl für mich, ich habe mitgemacht und zugelassen, dass er mir unter das

Top fasst, mich auf sich zieht, doch eigentlich stand ich daneben, angeekelt und habe mich gefragt, wie du das immer wieder mit anderen Frauen haben kannst, ich habe es nicht verstanden.

Als mir klar wurde, was ich da tue und wie eklig ich mich fühle, warst du schon da und hast mich von Nacho gezogen ... und bis heute ist das Schlimmste daran, dass du nie verstanden hast oder gesehen hast, wie verletzt ich war, wie weit du mich getrieben hast, dass ich überhaupt in der Lage war, dich so zu verletzen.«

Santos hebt seine Hand und wischt ihr eine Träne weg. »Ich war so ... mein Stolz war gebrochen, du warst immer meine Lilly, mein Leben, mein Herz und dich da mit ihm zu sehen ... ich bin einfach durchgedreht und wie wir heute gesehen haben, hat das angehalten.«

Lillys Handy klingelt. »So ging es mir jedes Mal, Santos, jedes verdammte Mal.« Sie geht ans Handy, es ist die Krankenschwester, ihre Mutter ist das erste Mal seit langer Zeit wieder etwas wacher und man kann mit ihr reden.

Santos stellt schon alles wieder richtig, noch während sie telefoniert und als sie auflegt und ihn bittet, sie zurück zum Hospiz zu fahren, ist er die ganze Fahrt über nachdenklich und still. »Ich fahre nach Hause duschen, ich komme später nochmal zu deiner Mutter, sag ihr das.« Lilly steigt aus und sieht Santos nach, als er in der dunklen Nacht davonbraust.

Sie spürt, dass ihn ihre Worte getroffen haben und dass sie ihm vielleicht endlich mal dieses Gefühl, dass sie die Böse ist, die ihn betrogen hat, genommen hat und er einen klaren Blick auf die Situation bekommt. Lilly zumindest fühlt sich um einiges leichter und freier, als sie zurück ins Hospiz geht.

Kapitel 10

Kaum ist die Sonne aufgegangen, scheint einen die Hitze schon zu erdrücken.

Alena konnte in dieser Nacht nicht schlafen und ist schon früh losgefahren zum Friedhof ihrer Familie. Die Trauerfeier war schrecklich und besonders schlimm fand sie es, als dieser Hubschrauber aufgetaucht ist. Diese Stimme des Affen hallt ihr seit dem Tag, als sie ihn neben ihrem toten Cousin gesehen hat, im Ohr, und das gestern hat es so verschlimmert, dass sie nicht einmal schlafen konnte.

Sie geht langsam an Onkel und Tanten und einigen anderen aus ihrer Familie vorbei, direkt zum Familiengrab von Adrian und seinen Eltern. Vor dem Grab hockt ein Mann, was Alena verwundert.

»Entschuldigung, was tun Sie da?« Der Mann schreckt auf und sieht zu ihr. Er ist noch sehr jung, vielleicht etwas älter als sie, aber auch Anfang zwanzig, er hat ein wenig Erde im Gesicht, aber auch an seiner Kleidung erkennt man, dass er wahrscheinlich der Friedhofsgärtner ist.

»Entschuldigung, ich wollte Sie nicht erschrecken, ich habe nicht erkannt, dass Sie hier arbeiten.« Der Mann hebt die Hand. »Kein Problem, ich ... ähh ... ich mache die Blummmen.« Der Mann scheint Probleme mit dem Sprechen zu haben. »Das ist schön, wirklich, aber bei diesem Grab würde ich gerne einige Blumen pflanzen.

Hier liegt mein Cousin, wissen Sie, und er hat Blumen gehasst. Weil er aber wusste, dass ich Blumen liebe, besonders diese hier ...«, Alena zeigt auf die Blumen in ihrem Korb, »hat er mir die immer gekauft, jetzt will ich sie bei ihm pflanzen.«

Der Gärtner lächelt, er merkt wahrscheinlich gar nicht, dass er etwas Erde im Gesicht hat, trotzdem bemerkt Alena seine hellbraunen Augen und dass er generell etwas heller ist. »Das ist ...

ähhhh ... schön. Ihr Cousin ... ähhh ... muss Sie sehr ... ähhh ... geliebt haben.« Alena lächelt und stellt den Korb ab. »Ja, ich habe ihn auch sehr geliebt, er fehlt mir jetzt schon. Kommen sie nicht von hier?«

Der Mann bleibt hinter Alena stehen, während sie sich hinhockt, sich bekreuzigt und dann anfängt, die Blumen einzupflanzen. »Nein, ich bin von ... ähhh ... woanders. Sie haben schönnne Haare.« Alena lacht leise. »Dankeschön.« Sie dreht sich um und lächelt den Mann an, der verlegen wegsieht. Er ist der Erste, der es geschafft hat, sie wieder zum Lächeln zu bringen. Ihm ist das aber offenbar etwas unangenehm.

»Ich muss ... ähhhh ... arbeiten.«

Alena pflanzt alle Blumen ein, danach bleibt sie noch eine Weile vor dem Grab sitzen, auch wenn es immer heißer wird. »Sie müssen ... trinken!« Alena schreckt zusammen, dieses Mal ist sie es, die sich vom Gärtner hat erschrecken lassen. »Entschuldigung ... ich wollte nicht ... äh.« Alena steht schnell auf, der Mann hält ihr eine Flasche Wasser hin. »Danke, das ist lieb, jetzt sind wir wenigstens quitt.« Alena lacht, doch der Mann scheint nicht zu begreifen, was sie meint, aber das ist egal.

Sie setzen sich zusammen auf eine weiße Bank in der Nähe des Grabes, es ist eine angenehme Stille hier, und das erste Mal hört Alena nicht mehr die Stimme des Affen und lehnt sich erleichtert zurück.

»Es ist schon merkwürdig, wie kann etwas so auffällig sein und dann findet niemand etwas heraus?« Belinda sieht auf den Hafen, Camilla und sie arbeiten wieder, und auch Pablo steht in der Küche. Zwar hat er noch nicht so viel Kraft, doch er lässt es sich nicht nehmen, wieder in seinem Laden zu stehen. Belinda hat Pablo aber gesagt, dass sie, wenn es ihm wieder besser geht, aufhören wird.

Zwar möchte jeder ihr das Gefühl geben, dass sie tun und lassen kann, was sie will, doch es ist fast immer jemand von den Sombras am Hafen, wenn sie arbeitet, genau wie auch von den Puentes.

Belinda will nicht dafür verantwortlich sein, dass ihre Brüder, Cousins oder sonstige Männer der Familia jetzt ihretwegen hier ständig herumhocken. Dante holt Camilla jeden Tag ab, ihre Freundin ist bis über beide Ohren verliebt. Vidal ist nicht einmal aufgetaucht, was auch besser so ist, trotzdem klopft ihr Herz ständig schneller, wenn ein Wagen angefahren kommt.

Selbst Alena scheint jemanden kennengelernt zu haben, seit Tagen ist sie täglich auf dem Friedhof, heute hat Belinda sie an Adrians Grab begleitet und dabei B kennengelernt.

Belinda kann nicht verstehen wie Eltern ihren Kindern so komische Namen geben können: B. Etwas einfacheres ist ihnen nicht eingefallen? Irgendwie ist der ganze Typ merkwürdig, er hat Belinda kaum angesehen und hat ganz aufgeregt gewirkt und sich schnell mit der Entschuldigung, er müsse etwas tun, verabschiedet. Alena mag ihn aber, und das ist alles was zählt.

Camilla hält ihr die Hälfte des Sandwiches hin, was Pablo gerade neu kreiert hat. »Und keiner der Affen war das?« Belinda schüttelt enttäuscht den Kopf. Sie alle suchen nach Antworten, die Männer ihrer Familia durchqueren die Gegend, stellen alles auf den Kopf. Das mit dem Hubschrauber hat ihnen nichts gebracht und auch, dass sie nach noch so einem Affen im Internet und allen Spielzeugläden in der Gegend gesucht haben, hat nichts ergeben. Selbst Camilla hat geholfen und mit gesucht, doch nichts, kein Anhaltspunkt.

Die Puentes sind im Gegensatz zu den Cinco Sombras relativ entspannt, zwar haben sie auch jemanden verloren, doch keiner geht davon aus, dass es bei den ganzen komischen Vorfällen der letzten Zeit irgendwelche Zusammenhänge gibt, außer dass alles zeitnah passiert ist. Das bei den Puentes war eine Familia, da sind sich alle absolut sicher, wegen der Art, wie sie nach Camilla und

Belinda gesucht haben und auch, weil Ruhe herrscht, seitdem beide Familias verkündet haben, dass sie unter ihrem Schutz stehen.

Das was den Sombras passiert, ist … einfach nur krank. Belinda findet nicht einmal Worte dafür. Doch sie spürt, dass sie irgendetwas Wichtiges übersehen, sie kommt nur nicht darauf, was.

»Wenn April in ein paar Tagen kommt, machen wir uns ein paar schöne Wellnesstage.« Camilla nickt und legt angewidert das Sandwich weg. »Hat Pablo im Krankenhaus alles verlernt?« Belinda lacht, sie schließen gleich, heute war der Laden den ganzen Tag voll, sie hatten kaum Zeit, um Luft zu holen, und Belinda will nur noch zurück in ihre kleine Wohnung.

Sie stöhnt leise auf, als sie von den Treppen des Cafés aufsteht. »So schlimm? Ich mache das niemals.« Belinda sieht auf das Tattoo, das ihr gestern feierlich gestochen wurde. Sie haben danach noch lange zusammengesessen und gefeiert, dass Belindas Knöchel jetzt zwei verschlungene Buchstaben zieren: CS.

Alejandro und ihr Vater waren richtig stolz, auch wenn sie Alejandros Arm fast zerquetscht hat, so sehr hat es wehgetan. »Wenn du länger mit Dante zusammen bist, wirst du dir die anderen Buchstaben tätowieren, ich hoffe, du liebst mich dann noch.« Belinda zieht sich die Flip-Flops an.

Camilla steht auch auf, nimmt Belindas Gesicht in ihre Hände und küsst dreimal ihre Wangen. »Ich gelobe, dass ich dich immer lieben werde, und wenn wir das ganze Alphabet auf dem Körper haben.« Belinda lacht und eine vertraute Stimme unterbricht sie. »Ist schon sexy irgendwie.«

Dante kommt auf sie zu und hinter ihm steigen Vidal und Aaron aus dem Auto. Sie haben gar nicht gemerkt, dass sie angekommen sind. Belindas Lachen vergeht sofort, als sie Vidal sieht. Er trägt eine kurze weiße Sportshorts und ein weißes Shirt, dazu auffallend rote Sneakers. Seine goldbraune Haut funkelt und durch den V-Ausschnitt erkennt man das Kreuz auf seiner Brust.

Sie vermisst ihn so sehr, wieso kann sie ihn nicht einfach hassen oder er ihr egal werden? Aber nein, ihr dummes kleines Herz hört nicht auf sie. Auch Vidal sieht sie an und Belinda sieht wieder weg. »Findest du? Ich hätte gedacht, es stört dich, wenn ich andere küsse.« Camilla gibt Dante einen Kuss auf den Mund. Dante zwinkert Belinda zu. »Bei Belinda mache ich eine Ausnahme.«

Mittlerweile ist Dante wieder ganz normal zu Belinda, auch viele der anderen Puentes behandeln sie wie vorher, so wie auch ihre Familie Camilla ganz normal behandelt, auch wenn sie Dantes Freundin ist.

»Wir haben einen sehr guten Deal abgeschlossen, heute Abend wird gefeiert. Ich dachte, wir sammeln dich gleich ein, brauchst du noch lange?« Camilla schüttelt den Kopf. »Wir räumen gerade alles zusammen, wollt ihr noch etwas?« Vidal und Aaron kommen zu ihnen und geben beide Camilla einen Kuss auf die Wange.

Aaron lächelt sie an, und bevor Vidal und sie in eine unangenehme Situation kommen, geht Belinda schnell ins Café. Sie hört, dass die drei noch etwas trinken möchten, solange sie warten.

»Wenn man Vidals Blicke auf dir deutet, so bezweifle ich wirklich, dass das zwischen euch schon vorbei ist.« Camilla stellt sich zu Belinda. Während sie die Theke säubert, gießt Camilla die Getränke ein. »So wirklich hat es ja nie angefangen, ich kann ihn kaum einschätzen, nach der Geschichte mit dieser Anna, die du mir erzählt hast, noch weniger.«

Sie beide sehen zu den Männern draußen, die sich alle über Aarons Handy lehnen und zu lachen beginnen.

»Ich glaube, dass er Gefühle für dich hat und nur dagegen ankämpft wegen eurer Situation, was man ja verstehen kann.« Camilla hat ihr von der Frau erzählt, wegen der Vidal durchgedreht sein soll, noch vor der Trauerfeier hatte sie gedacht, dass Vidal das wirklich durchzieht und es ernst meint, dass sie sich aus dem Weg gehen sollten, doch dann hat er sie abgefangen und nun weiß sie nicht mehr, was sie denken soll.

»Ich werde aus dem Mann nicht schlau.« Camilla lächelt. »Wer wird das schon? Am besten lässt du ihn einfach machen, wenn er mehr für dich empfindet, wird er das nicht aufgeben können, aber das muss er vielleicht selbst erst einmal herausfinden. Wenn er doch auf dich verzichten kann, waren eh nicht genug Gefühle da und es ist besser so.« Belinda sieht Camilla nach, als sie ihr zuzwinkert und mit den Getränken zu den Männern geht. Sie hat recht, sie kann eh nichts machen und sie wird einfach abwarten, wie Vidal sich weiter verhält.

Belinda räumt drinnen auf, während Camilla sich draußen um die Terrasse kümmert. Als Belinda fertig ist und gerade nach draußen kommt, um Camilla zu helfen, laufen am Café diese Paola und eine weitere Frau vorbei, das erste Mal hat Belinda sie an dem Tag im Restaurant getroffen, als sie mit Camilla, Dante und Vidal nach dem Essen noch Delphine füttern war. Danach hat sie sie noch einmal auf Dantes Geburtstagsparty gesehen.

»Hallo, wen haben wir da?« Sie lehnen sich an die Mauer und sehen zu Vidal, Dante und Aaron. »Was tut ihr denn hier am Hafen, hier habe ich euch noch nie gesehen, eine Reise geplant?« Vidal antwortet, Aaron kann nicht, Dante sollte es nach Camillas Blick zu urteilen besser nicht.

Es ist wirklich schon gemein, wie sexy diese Frauen sind, sie strahlen den puren Sex aus und müssen dafür nicht einmal viel machen. Trotzdem tragen sie enge, sehr kurze Shorts und bauchfreie Tops, dazu die langen Locken und die roten Lippen, Belinda versteht, dass da kein Mann widerstehen kann.

Sie sieht an sich herunter. Sie trägt eine schwarze Jeans mit einem Loch am Knie, ein weißes Shirt und einen unordentlichen Knoten auf dem Kopf. Als sie wieder zu den Frauen sieht, spürt sie, wie Vidal ihr dabei zugesehen hat, wie sie sich selbst betrachtet hat, ganz wunderbar.

»Nein, wir haben unser Öl abgeholt, die Lieferung kam hier an. Es ist Massageöl, ganz besonderes aus Haiti, du hast noch nie so etwas auf der Haut gehabt, es ist wie pures Gold und so ... glitschig.« Belinda hebt die Augenbrauen und Camilla knallt etwas lauter die Stühle zusammen. »Wie wäre es, Vidal? Soll ich später mal vorbeikommen und wir testen es?«

Belinda wollte gerade die Tafel zusammenklappen und hineinbringen, doch jetzt bleibt sie stehen und sieht zu den beiden. Beim letzten Mal hat er ihr eine Frau und deren bevorstehende Bootsfahrt vor die Nase gesetzt. Wird er dieses Angebot jetzt annehmen, um ihr noch mal deutlich zu machen, dass es zwischen ihnen keinen Sinn hat? Belinda sieht zu Vidal, Aaron grinst breit und Dante lacht leise auf. »Was für ein Angebot.«

Vidal lächelt, doch dann sieht er zu Belinda, für einen Augenblick sehen sie sich in die Augen. Sie denkt an den Augenblick, als er sie beide das erste Mal vereint hat, was für Gefühle sie dabei empfunden hat, hat es ihm wirklich so wenig bedeutet? Er sieht weg, doch dann schüttelt er den Kopf.

»Nein danke, Paola, momentan habe ich keine Interesse an so etwas, aber ich kann Benito fragen, der ist dafür immer zu haben.« Paola verzieht ihren roten Kussmund ein wenig, doch dann lächelt sie. »Schade, aber tu das, Benito soll mich anrufen.«

Belinda sieht zu Vidal, Dante formt mit seinen Lippen ein 'was ist los mit dir', doch er lacht nur und trommelt mit den Fingern auf der Tischplatte. Belindas Herz schlägt schneller, doch er sieht nicht zu ihr, ist es ihm unangenehm?

Es hupt. »Belinda, bist du fertig?« Suerte sitzt am Steuer eines schwarzen Mercedes, sie erkennt Alejandro neben ihm. Sie sieht sich auf der Terrasse um und nickt, ruft Pablo ein 'bis morgen' zu, nimmt ihre Tasche und küsst Camilla zum Abschied auf die Wangen. Als sie Dante und den anderen noch schnell ein 'Tschüss' beim Vorbeigehen sagt, spürt sie den Blick von Vidal auf sich, doch sie sieht auch, wie Suerte und Alejandro sie beobachten, deswegen geht sie schnell zum Auto und steigt hinten ein.

»Sind die öfters bei euch im Café?« Alejandro dreht sich sofort um, als sie sich hinter ihn setzt. Sie beugt sich vor und küsst beide auf die Wange. »Nein, sie wollten nur Camilla abholen, und zu mir sind sie auch ganz normal.« Suerte gibt Gas und schüttelt den Kopf. »Diese verdammten Puentes sind wie eine Plage.«

Belinda lehnt sich im weichen Leder zurück und seufzt leise in sich hinein. Wenn sie mit Vidal ein kleines Hoch erlebt, wird sie keine zwei Sekunden später wieder von diesem Hoch in die Realität gezogen.

Santos hält die zwei Tüten mit warmem Essen in der Hand und stößt die Tür zum Zimmer von Lillys Mutter auf. Er war die letzten Tage fast jeden Tag da, er hat sogar kurz mit der Mutter sprechen können, als sie etwas wacher war. Er hat auch all seine Brüder mitgenommen, die sie besuchen wollten, da ja auch sie Lillys Mutter gut kennen. Alena und sein Vater waren auch da, und selbst Belinda hat ihn einen Nachmittag begleitet, was ihn besonders gefreut hat, selbst wenn sie Lilly oder ihre Mutter nicht kennt, hat sie gespürt, dass es Santos wichtig ist.

Lilly hat sich darüber sehr gefreut, doch er ist nicht mehr dazu gekommen, mit ihr allein zu sprechen. Seit der Nacht, in der sie ihm all die Dinge an den Kopf geworfen hat, musste er viel über alles nachdenken. Vielleicht war es ihm auch recht, erst einmal das Thema meiden zu können, doch es ist klar, dass noch nicht das letzte Wort zwischen ihnen deswegen gefallen ist.

Sie müssen das klären, doch momentan hat Lilly andere Probleme. Gestern ging es der Mutter sehr schlecht, Santos hofft, dass es ihr heute besser geht, er hat für Lilly Essen mitgebracht.

Santos stockt in seiner Bewegung. Das Zimmer und das Bett sind leer. Das Bett ist frisch bezogen. Santos sieht sich verwundert um. Nirgends eine Spur von den beiden. Er geht in den Flur, eine der Schwestern, die er schon öfter gesehen hat, kommt aus einem der anderen Zimmer.

»Wo sind ...« Sobald sie ihn erblickt, ändert sich ihr Gesichtsausdruck. »Es tut mir sehr leid, sie ist heute Nacht von uns gegangen.«

Santos stellt die Tüten ab. »Von was reden Sie da? Wo ist Lilly, was ist hier los?«

Die Krankenschwester sieht ihm in die Augen. »Heute Nacht ist ihre Mutter gestorben, sie ist noch eine Weile bei ihr geblieben, ich habe sie gefragt, ob wir dich anrufen sollen, doch sie wollte ihre Ruhe. Die Kleine war ganz weggetreten, ihre Mutter hat vor zwei Tagen ihren Bestattungswunsch geändert.

Sie wollte keine normale Bestattung mehr, sie möchte auf einem bestimmten Meer ihre letzte Ruhe finden. Lilly weiß, dass sie die Urne ihrer Mutter in zwei Tagen hier abholen soll, gleich am Morgen um zehn Uhr, allerdings war sie so durcheinander, wenn sie sie sehen, können sie sie daran erinnern.«

Santos begreift, dass es ernst ist, die Mutter ist gestorben und er war nicht da. »Wo ist Lilly hin?« Sein Herz schlägt schneller, die Krankenschwester zuckt die Schultern. »Sie war sehr aufgelöst ...« Santos geht, er muss Lilly finden. Als er an der frischen Luft ist, atmet er tief ein, wieso ist er nicht die Nacht bei den beiden geblieben?

Sein Herz zieht sich zusammen, als er an Lillys Mutter denkt, er ist froh, dass er ihr ihren letzten Wunsch erfüllen konnte, doch er wünschte, er wäre da gewesen, als sie gestorben ist. Auch wenn es klar ist, dass es so kommen musste, ist es ein Schock, wenn es passiert. Er muss Lilly finden.

Er rast zum Laden, doch der Laden ist zu und keine Spur von Lilly, als nächstes fährt er zu der alten Wohnung ihrer Familie, die ist schon längst wieder neu vermietet. Lilly ist weder am Strand, noch an den üblichen Orten, wo sie sein könnte, findet er sie, dann kommt ihm die Idee. Er fühlt sich immer mieser, seine Gedanken kreisen um Lilly und wie sie sich jetzt fühlen muss und dass er nicht da ist.

Er rast zur Sombras Cuidad und fährt bei den Garagen Alejandro fast um. »Ist Lilly hier? Hast du sie gesehen?« Sein Bruder sieht ihn verwundert an. »Nein, was ist los, du bist ja ganz außer Atem, komm mal runter.« Santos steigt aus und knallt seine Autotür zu. »Ihre Mutter ist gestorben und ich weiß nicht, wo sie ist.« Alejandro bleibt stehen. »Das tut mir leid. Scheiße Mann, wie geht es Lilly?« Santos geht zum Ausgang. »Ich suche sie doch gerade, wie soll es ihr schon gehen?« Alejandro ruft ihn noch einmal zurück. »Ist das jetzt zwischen euch wieder ...«

Santos hat keine Zeit für so etwas. »War es das jemals nicht?« Er lässt seinen Bruder stehen und rennt zu seinem Haus, sie ist nicht da, er geht hinein, vielleicht hat sie jemand hereingelassen, er sieht in den Garten. Sie ist nicht da, er hat keine Ahnung, wo er sie finden kann.

Santos setzt sich aufs Sofa, wütend knallt er seinen Schlüssel so heftig auf den Wohnzimmertisch, dass der in tausend Scherben zerbricht. »Wo steckst du, Lilly?«

»Wenn das mal kein gutes Geschäft ist, das wird die Puentes noch weiter nach vorne bringen.« Vidal schlägt mit Elian ein. »Es gibt niemanden mehr, der uns das Wasser reichen kann.« Sein Bruder hat sie am Eingang der Cuidad abgefangen. Dante und Camilla laufen hinter ihnen und Aaron begrüßt Elian nun auch.

Sie haben lange an diesem Deal herumgebastelt und es endlich geschafft, sie werden das heute feiern, Vidal wünschte nur, sein Gefühlsleben wäre so klar und geregelt, wie die Geschäfte momentan laufen.

»Vidal, wir haben schon ein Geschenk bekommen, der Deal scheint sich schnell rumzusprechen.«

Benito fängt sie ab und deutet auf ein riesiges braunes Paket, das mitten im Garten steht. Es ist eine riesige rote Schleife drumherum. »Woher habt ihr das?« Zwei ihrer Männer wollen es gerade öffnen. »Die Post hat es gerade gebracht, es ist kein Absender drauf.« Camilla und Dante bleiben auch stehen. »Das sieht aus wie das, was Belinda beschrieben hat, was bei ihnen stand mit dem Konfetti und diesem Affen.«

Vidal flucht, fängt diese Scheiße jetzt auch bei ihnen an? Er geht auf das Paket und die Männer, die es öffnen wollen, zu. Es ist nur Konfetti drin, er will den Mist trotzdem nicht hier haben. »Lasst es zu und schmeißt es ...« Einer der Männer hat schon an der Schlaufe gezogen, doch statt Konfetti knallt es ohrenbetäubend.

Alles fliegt herum und Vidal sieht nur noch schwarz, er riecht den Boden, auf den er gefallen ist, und hört Schreie.

Das war kein Konfetti, es war eine Bombe.

Kapitel 11

Belinda rast über die Straßen Puerto Ricos. Ihre Gedanken rotieren, ihr Puls ist in ihren Ohren zu hören, Tränen bahnen sich immer wieder den Weg in ihre Augen, doch sie schluckt sie schnell wieder herunter, sie weiß noch nicht, wie schlimm es ist und wer verletzt oder getötet wurde.

Die Nachricht hat sich schnell herumgesprochen. Zuerst hat sie Pablo angerufen, er hat gefragt, ob sie etwas weiß. Es heißt, in der Puentes Cuidad sei eine Bombe hochgegangen, es gibt viele Tote und Verletzte, ein Haus ist wohl eingestürzt durch die Wucht der Detonation, die meisten Verletzten haben Brandwunden und sind in das Krankenhaus in San Juan gefahren worden, da es dort eine spezielle Abteilung für Brandopfer gibt. Pablo wusste aber nicht, wer wie verletzt ist, Belinda ist sofort nach unten gerannt.

Sie hat ihren Vater mit Ponce vorgefunden, beide wussten schon ein wenig Bescheid, natürlich hat es sie nicht sonderlich interessiert, doch als sie Belindas besorgtes Gesicht gesehen haben, haben sie zumindest versucht, es nicht so zu zeigen. Belinda wollte sofort los in die Klinik, am Anfang wollte ihr Vater das nicht zulassen, doch am Ende ist Belinda alt genug und kann machen, was sie möchte.

Da die Klinik aber in San Juan ist und ihre Familie ja mittlerweile weiß, wie sehr Belinda Camilla mag, hat ihr Vater gesagt, dass sie fahren könne. Sie soll sich aber melden und nur bei Camilla bleiben und den anderen Puentes aus dem Weg gehen.

Belinda spürt, dass ihm diese Kompromisse gar nicht passen, doch er geht sie ein, weil er weiß, dass Belinda niemals wie Alena diese Feindschaft miterlebt hat und weil er und auch ihre Brüder sehen, dass die Puentes Belinda nicht wirklich als eine Sombras sehen und behandeln. Belinda verspricht, sich zu melden und ist sofort losgefahren.

Sie darf gar nicht darüber nachdenken, was wäre, wenn Camilla Vidal, Dante ... was soll sie tun, wenn jemand von ihnen wirklich verletzt ist, vielleicht sogar schwer oder noch Schlimmeres?

Belinda spürt, wie ihr kalter Schweiß hochsteigt. Wieso hat sie heute nicht mit Vidal gesprochen? Er ist jetzt schon zweimal einen Schritt auf sie zugekommen. Wäre sie nicht mit Suerte und Alejandro losgefahren, hätte sie vielleicht alle noch aufhalten können, sie wären gar nicht da gewesen, als die Explosion passiert ist.

Pablo hat ihr gesagt, dass sie nur ein paar Minuten nach ihr aufgebrochen sind, also müssen sie schon in der Cuidad angekommen sein, es sei denn, sie waren noch woanders ...

Belinda dreht durch, endlich erreicht sie die Klinik und hält auf dem Parkplatz, schon da erwartet sie ein schreckliches Bild. An die zehn Wagen der Puentes stehen auf dem Parkplatz, die Türen sind weit aufgerissen, es stehen auch viele Krankenwagen herum, so als hätten alle schnell handeln müssen.

Belinda eilt zum Eingang, sie will zur Information, doch das ist gar nicht nötig, schon unten am Eingang stehen viele Männer der Puentes, einige sogar direkt am Eingang. Belinda entdeckt einen Mann, der öfter bei Vidal ist.

»Wo ist Vidal? Wo ist Camilla? Wie geht es ihnen?« Erst da sieht sie, dass er einem Mann sein Shirt an sein blutendes Bein presst. »Zweiter Stock.« Mehr kann er nicht sagen, und Belinda eilt zum Fahrstuhl. Sie erntet einige böse Blicke, doch keiner hält sie zum Glück auf.

Sobald sie im ersten Stock ankommt, stockt sie. Es riecht nach verbranntem Fleisch, sie hört schmerzende Schreie und das Ächzen von Männern, überall stehen Männer herum, doch zum Glück sind nicht alle verletzt.

»Wo finde ich Vidal, Camilla, Dante, Elian ... irgendjemanden?« Sie spricht einfach den nächst besten an und muss sich dabei ihr Shirt vor die Nase halten. »Die sind glaube ich ein Stockwerk tiefer.« Ein Arzt rennt an ihnen vorbei und schreit zwei Pfleger an. »Beeilt euch, sonst stirbt er.«

Belinda treten Tränen in die Augen, auch der Mann neben ihr sieht ihnen verzweifelt hinterher. Belinda kennt ihn nicht, hat ihn auch noch nie gesehen, doch sie fasst an seinen Arm. »Geht es dir gut? Fehlt dir etwas?« Der Mann sieht ihr in die Augen, er ist ganz verwirrt, doch dann lächelt er leicht, auch wenn sie sieht, dass er mit den Tränen kämpft. »Ja, ich denke schon, mir fehlt nichts.« Belinda nickt, drückt kurz seinen Arm und fährt dann ein Stockwerk hinunter.

Hier ist es noch hektischer, doch Belinda läuft fast in Elian hinein, der sich ein Handtuch an den Kopf hält. Er hat überall Blut und will gerade in den Fahrstuhl. »Elian, was fehlt dir? Geht es dir gut?« Er nickt und klappt das Handtuch nochmal um, er hat wirklich viel Ähnlichkeit mit seinem älteren Bruder.

»Geht schon, die schlimmsten Fälle liegen oben, ich war ziemlich weit weg, den anderen geht es schlimmer. Camilla wird gerade geröntgt, Dante ist bei ihr, sie ist nur leicht verletzt ...« Er will in den Fahrstuhl. »Wo ist ... Was ist mit Vidal?« Elian sieht ihr einen Augenblick in die Augen, dann nickt er zu einer Tür und drückt den Fahrstuhlknopf.

Belinda geht sofort zu der Tür, klopft kurz und tritt dann ein. Sie schluckt schwer, als sie auf Vidal und Aaron blickt, die beide auf zwei verschiedenen Liegen sind. Vidal sitzt, ein Arzt ist gerade bei ihm. Als er hochblickt und sie ansieht, treten Belinda noch mehr Tränen in die Augen. Er hat überall Ruß, er trägt kein T-Shirt, überall hat er Kratzer und Wunden, doch er sitzt aufrecht. Sie hört ein leises Stöhnen und sieht zu Aaron, der auf der anderen Liege liegt und sich Vidals Shirt auf eine Wunde am Arm presst, was ihn offenbar schmerzt.

Belinda geht schnell hin, nimmt das Shirt und presst es für ihn auf die Wunde. Vidal setzt an, um etwas zu sagen, doch der Arzt, der ihn untersucht hat, legt eine Lupe weg. »Wir müssen Sie operieren, am besten sofort. Sie haben einige Splitter, die wir so nicht entfernen können. Es reicht auch, wenn Sie lokal betäubt werden, aber danach müssen Sie im Bett bleiben, zumindest für die nächsten Stunden.« Offenbar kann man Vidal nur schwer hierbehalten, jetzt steht er auch auf.

»Nichts für ungut, aber ich muss zu meinen Männern ...« Der Arzt seufzt leise auf und sieht auf die Uhr. »Okay, tun Sie das, ich setze Ihre OP für einundzwanzig Uhr an. Das ist in zwei Stunden, danach ruhen auch Sie sich aus.« Er wendet sich um und sieht zu Aaron. »Und Sie nehme ich gleich mal mit zum Röntgen.«

Belinda blickt Aaron in die Augen, er lächelt sie dankbar an, auch wenn man sieht, dass er Schmerzen hat. Der Arzt schiebt Aaron mit der Liege aus dem Raum und schließt die Tür, erst da sieht Belinda zu Vidal, der sich einige Verbände abmachen möchte. Er spürt ihren Blick und blickt zu ihr hoch.

Belinda ist es egal, was war oder was kommen wird, ihr fällt ein Stein vom Herzen, dass es ihn offenbar nicht allzu schwer getroffen hat, auch wenn er viele Wunden hat. Belinda geht zu ihm und ohne ein Wort zu verlieren in seine Arme, die er auch sofort um sie herumlegt. »Was tust du hier? Das ist nicht gerade ungefährlich.«

Belinda legt ihren Kopf an seine Brust, sie liebt es, wie er sie an sich hält. »Ich habe es gehört und ... bin so froh, dass es dir gut geht, ist es sehr schlimm?«

Belinda streicht vorsichtig über seinen Arm, wo selbst sie Splitter erkennt. »Ich hatte Glück im Unglück, die Wucht der Explosion hat mich umgehauen, deswegen habe ich keine Verbrennungen und nur einige Splitter der Bombe abbekommen. Es sieht aber böse aus, Belinda, meine Männer sind schwer verletzt, viele liegen im Sterben, ich muss mich jetzt um sie kümmern.«

Belinda nickt und macht sich los. »Ich suche nach Camilla.« Vidal ist noch immer voller Ruß und Blut und ohne Shirt, doch es stört ihn nicht. Sie gehen zur Tür, doch bevor sie wieder auf den Flur gehen, hält Vidal Belinda zurück und drückt sie an die Wand.

»Warte ...« Seine Hand legt sich in ihren Nacken und seine Lippen erobern ihre. Belinda reagiert sofort auf seine Nähe, sie seufzt leise und zufrieden auf, er hat ihr so sehr gefehlt. Sie verschränkt ihre freien Hände und genießt es, als er zärtlich den Kuss intensiver werden lässt.

Erst als es draußen etwas lauter wird, beendet er den Kuss. Belinda sieht ihm in die Augen, er küsst ihre Stirn und einige Sorgenfalten bilden sich auf seiner Stirn, doch seine Hand bleibt in ihrem Nacken. Keiner sagt etwas, als Belinda ihre Stirn an seine Brust legt und sie beide für einen kurzen Augenblick einhalten.

Sie hört Vidals Herzschlag und weiß, dass sie auch gar keine Worte brauchen, das eben hat gezeigt, dass sie Gefühle füreinander haben, die Frage ist nur, wie stark diese sind und wie sie in Zukunft damit umgehen werden, doch hier und jetzt ist nicht der Zeitpunkt, sich darum zu kümmern.

Vidal und sie treten heraus, er öffnet die Tür zwei Räume weiter, wo Camilla müde im Bett liegt und Dante neben dem Bett sitzt. Auch er hat einige Kratzer, aber nichts im Vergleich zu Vidal oder den anderen. »Bleib nur hier, Belinda, okay?« Vidal sieht sie ernst an und sie nickt.

Belinda tritt zu Camilla, die schwach lächelt. »Was fehlt ihr?« Dante steht auf und überlässt Belinda den Stuhl. »Sie hat eine leichte Gehirnerschütterung und soll noch ein paar Stunden zur Beobachtung hier bleiben, aber es geht ihr ganz gut. Bleibst du bei ihr?«

Belinda nickt, Dante sieht sie dankbar an und er verlässt zusammen mit Vidal den Raum. Als die Tür zu ist, nimmt Belinda Camillas Hand in ihre und Tränen treten in Camillas Augen. »Es war so schrecklich!«

Einige Stunden später ist die Situation im Krankenhaus langsam etwas ruhiger. Belinda ist noch immer bei Camilla, inzwischen ist auch Suela, die Schwester von Dante bei ihnen. Einige Leute waren da, Belinda hat sogar von Weitem Vidals Vater und seine Mutter gesehen, doch sie ist all dem aus dem Weg gegangen, immerhin ist sie eine Sombras und hat hier nicht wirklich etwas zu suchen.

Jetzt ist nur noch Suela da, der es vollkommen egal ist, aus welcher Familia Belinda stammt, zusammen sitzen sie bei Camilla und versuchen zu begreifen, was passiert ist. Belinda hat einmal mit ihrem Vater und auch mit Alejandro gesprochen, beide wissen, dass sie allein bei Camilla ist, dass es die Puentes aber schwer getroffen hat. Belinda hat gesagt, dass sie die Nacht über bei Camilla bleiben wird. Sie waren nicht begeistert, doch sie können auch nicht viel dagegen sagen.

Langsam wird auch klar, wie schwer die Familia getroffen wurde. Vier Männer sind tot, über zwanzig von ihnen schwer verletzt, darunter auch Benito, viele haben sich etwas verstaucht oder gequetscht, Abschürfungen, Splitter, und niemand weiß, wer diese Bombe geschickt hat.

Dante kommt hin und wieder nach ihnen sehen und Vidal hat ihnen Essen gebracht, doch sie kümmern sich um die Männer, während sie bei Camilla bleiben und herumgrübeln.

»Es ist doch offensichtlich, dass es jemand auf die beiden Familias abgesehen hat.« Suela und Belinda sind sich einig, davor dachten alle, dass nur die Sombras angegriffen werden, doch nun ist klar, dass es auch die Puntes trifft. »Vielleicht war es gar nicht eine andere Familia, die damals Artur ermordet hat, sondern auch der- oder diejenigen, die für all das hier verantwortlich sind. Das mit den Familias wurde vielleicht nur zur Ablenkung gemacht.«

Belinda lehnt sich müde zurück. Sie denkt an den Affen, der immer dabei war, Camilla weiß genau, dass das Paket so aussah wie das, was die Sombras bekommen haben und sie ist sich absolut sicher, dass sie noch während der Explosion wieder dieses LA FAMILIA gehört hat, wie auch schon bei der Trauerfeier.

Danach ging alles schnell, die Verletzten wurden weggebracht, das Haus stürzte ein, doch sie ist sich auch sicher, mehrere dieser Affen auf dem Rasen gesehen zu haben.

»Das ist doch krank, wer sollte so etwas tun?« Sie grübeln schon länger und Belinda sieht erst zu Camilla und dann zu Suela. »Es muss etwas geben, was die beiden Familias verbindet, was beide zum Ziel macht oder was beide …« Belinda erinnert sich an das, was ihr Vidal und ihr Vater erzählt haben.

»Die Feindschaft, das Datum was so wichtig ist, die vielen Verluste …« Es gibt einiges. Suela sieht sie ernst an. »Die verstoßenen Kinder.« Camilla schüttelt den Kopf. »Ich finde das so grausam.«

Suela hat recht, daran hat Belinda überhaupt nicht gedacht. »Nicht nur du, was denkst du, wie es all den Frauen geht? Viele haben sich das Leben genommen, sind deshalb verrückt geworden. Es weiß kaum einer, was wirklich mit diesen Kindern passiert ist. Manche sagen, sie alle sind in der Welt verteilt worden, manche, dass sie nicht mehr leben, keiner weiß es wirklich. Ich versuche schon so lange, etwas über all das herauszubekommen, doch bei dem Thema machen fast alle zu.«

Belinda sieht Suela an. »Das könnte wirklich etwas damit zu tun haben, vielleicht ist es jemand, der davon weiß, wir müssen mehr darüber herausbekommen, was können wir tun?« Suela beugt sich vor. »Wir müssen alle Informationen sammeln, so viel wir können und dann tragen wir alles zusammen.

Belinda, du musst vor allem deinen Vater und die Älteren ausfragen. Findet heraus, wer so ein Kind abgegeben hat und wer was weiß, wir treffen uns dann nächste Woche wieder und tragen alles zusammen. Das muss aber unter uns bleiben, Dante und die anderen rasten aus, wenn sie erfahren, dass wir zusammen an dieser Sache arbeiten.«

Belinda lächelt, sie mag Dantes Schwester. »Okay, meine Freundin kommt aus Portland, aber das ist kein Problem, kommt alle am Mittwoch genau in einer Woche zum Café, am besten treffen wir uns dort auf den Dächern der Hallen, am Vormittag, da ist nicht viel los und es fällt nicht auf.« Camilla, Suela und sie sehen sich ernst an und alle stimmen zu. Sie müssen etwas tun, und das ist wenigstens eine Spur, die sie haben.

Dante kommt ins Zimmer. Belinda steht auf. »Was ist mit Vidal?« Er reibt sich müde die Augen. »Er ist jetzt in seinem Raum, die Splitter wurden entfernt, er ist wach, aber müde, so weit sind alle verarztet und wir sollten uns etwas ausruhen.« Belinda sieht auf den leeren Flur. »Kann ich zu ihm?« Dante sieht ihr einen Augenblick in die Augen, dann nickt er. »Ich bringe dich zu ihm.«

Belinda sieht sich noch einmal zu Camilla und Suela um, die ihr beide zuzwinkern, dann folgt sie Dante zu einem Raum am Ende des Flurs. Er lässt sie hinein. »Ich sorge dafür, dass ihr ungestört bleibt.« Belinda bedankt sich und geht in den Raum.

Er ist sehr dunkel, nur eine kleine Lampe brennt. Vidal liegt im Bett, jetzt hat er mehrere Verbände und seine Augen blicken ihr müde entgegen. Als sie näher kommt, zögert er keine Sekunde und hebt seine Decke, Belinda streift ihre Schuhe ab und legt ihre Tasche ab, dann schlüpft sie zu ihm unter die Decke.

»Geht es mit den Schmerzen?« Belinda legt sich auf seine Brust und seine Hand fährt in ihre Haare. »Ja, es geht, aber der Tag heute war schlimm, sehr schlimm. Wir alle ruhen uns ein paar Stunden aus und dann suchen wir die Verantwortlichen.« Belinda denkt an ihren Plan.

»Was ist mit Suerte und dir?« Vidal reißt sie kurze Zeit später aus den Gedanken. Sie lehnt sich auf ihre Hand, sodass sie ihm in die Augen sehen kann. »Gar nichts, Vidal, er bedeutet mir nichts. Also nicht auf diese Art.«

Vidal sieht ihr in die Augen, und in diesem Moment begreift Belinda, dass sie nicht nur in Vidal verliebt ist, ihre Gefühle sind schon viel stärker, als dass es als einfache Verliebtheit abgetan werden kann.

»Diese Frau auf dem Boot oder alle Frauen … es ist nicht dasselbe, wie das, was wir hatten, nichts von all dem.« Belinda senkt ihren Blick. »Es verletzt mich trotzdem, ich möchte das nicht …« Er nickt. »Okay.« Belinda weiß nicht, was sie von der Antwort halten soll, sie denkt an die Geschichte, die Camilla ihr erzählt hat.

»Was war mit dieser Anna? Das war aber …« Vidal schüttelt den Kopf. »Anna war mir wichtig und sie hat mich über alles geliebt, doch diese Gefühle sind auch anders als das, was ich für dich empfinde.«

Belindas Herz hüpft vor Freude in ihrer Brust. Sie lächelt und beugt sich vorsichtig zu Vidal hinunter und küsst ihn zärtlich. Sie legt alle Gefühle der letzten Wochen in den Kuss. Keiner weiß, wie es weitergeht, schon gar nicht zwischen ihnen, dass sie etwas füreinander empfinden, bedeutet nicht, dass es auch eine Zukunft für sie gibt, das ist Belinda klar, doch sie hätte niemals damit gerechnet, dass Vidal ihr sagt, dass er Gefühle für sie hat und dass diese auch noch so anders sind, als alles andere davor.

Sie ist ganz vorsichtig wegen all der Wunden, Vidals Hand fährt an ihren Rücken, schlüpft unter ihr Top und streicht über ihren Rücken, sie lösen sich und Belinda küsst sein Herz. »Komm her, Süße.« Er zieht sie eng an sich, und es dauert keine zwei Minuten und sie beide schlafen tief und fest.

Egal wie schrecklich der Tag war, er ändert nichts daran, dass selbst im Schlaf ihre beiden Herzen zufrieden im gleichen Takt schlagen.

Kapitel 12

Santos sieht immer wieder zur Eingangstür. Er hat Lilly zwei Tage gesucht, überall und immer wieder, er hat sie nirgendwo gefunden. Das Hospiz hat ihm ihre neue Nummer gegeben, doch das Handy war aus. Seine letzte Hoffnung war es, jetzt noch einmal zurück zum Hospiz zu kommen und zu warten, ob sie die Urne ihrer Mutter abholt, oder ob sie nach dem Tod ihrer Mutter so weggetreten war, dass sie all das wirklich nicht mehr mitbekommen hat. Sie wird doch nicht einfach nach Frankreich zurückgefahren sein, ohne ihrer Mutter den letzten Wunsch zu erfüllen?
»Sie kommt bestimmt.« Die Krankenschwester sieht immer wieder aufmunternd zu ihm, er muss ein kläglisches Bild abgeben, wie er hier schon über eine Stunde sitzt und ständig zur Tür starrt. Er würde das niemals für eine Frau tun, sich so zum Hampelmann machen, aber hier geht es um keine normale Frau, hier geht es um seine Lilly, er muss wissen, dass es ihr gut geht, alles andere tritt da in den Hintergrund.
Die Urne ist schon da, Santos kann gar nicht richtig hinsehen, es ist unwirklich, dass Lillys lebensfrohe Mutter nun nicht mehr da ist. Allerdings ist für ihn der Tod nichts Neues mehr, er macht sich einfach nur Sorgen wegen Lilly.
Schon während der Tage im Hospiz war sie sehr ausgelaugt, hat kaum gegessen, wenig gesprochen, war kaum ansprechbar. Er fragt sich, wo sie direkt nach dem Tod ihrer Mutter hingegangen ist und vor allem fragt er sich, wieso sie nicht zu ihm gekommen ist, aber wahrscheinlich hat er das selbst zu verantworten.
Er hat die Tage viel über Lillys Worte nachgedacht, über alles, was passiert ist und sieht ein, dass er damals falsch gehandelt, sie wirklich viel zu oft verletzt hat. Jetzt, wo er noch immer spürt, wie verdammt weh das tut, wenn die Person, die man über alles liebt, etwas mit jemand anderem hat. Klar, sie hat sich gleich einen sei-

ner besten Freunde geschnappt, doch dafür hat er es sehr oft getan.

Santos hat sich nie etwas dabei gedacht, für ihn kam keines dieser Mädchen auch nur ansatzweise an Lilly heran, er wollte einfach nur Abwechslung, denn es gab für ihn ja nur Lilly. Er hat nicht einmal darüber nachgedacht, wie sehr es sie verletzen könnte, er hatte was mit einer anderen, und danach ist er wieder zu Lilly, seinem Engel gegangen und es hat nichts an der Liebe zu ihr geändert. Dass all das sie sehr wohl verändert hat, hat er verdrängt oder nicht sehen wollen. Doch das Letzte, was er wollte, war, dass Lilly denkt, sie wäre ihm nicht genug.

Sie ist genug, sie ist alles für ihn, das spürt er jetzt wieder umso mehr, auch nach allem, was zwischen ihnen war, nach zwei Jahren, wo er sich täglich einreden musste, dass er sie hasst für das, was mit Nacho war. Jetzt, wo sie wieder da ist, tritt all das in den Hintergrund.

Er weiß nicht, ob sie noch einmal zueinander finden werden, aber er weiß, dass er jetzt für sie da sein möchte und auch, wenn er es versteht, trifft es ihn, dass sie es nicht zulässt.

Genau als er diese Worte gedacht hat, öffnet sich die Eingangstür und Santos' Herz setzt einen Augenblick aus. Er weiß nicht, ob er erleichtert sein soll, Lilly zu sehen oder entsetzt darüber, wie fertig sein kleiner Engel aussieht. Sie wirkt so zart und verletzt, als sie in einer kurzen Shorts und einem viel zu großen Shirt eintritt. Lilly umarmt sich selbst, als bräuchte sie diesen Halt dringend. Ihre langen blonden Haare sind zu einem unordentlichen Knoten nach oben gebunden, und ihre blauen Augen sehen traurig umher.

Santos steht auf. Lilly hat tiefe Ränder unter den Augen, als hätte sie die letzten zwei Tage nicht geschlafen und viel geweint. Sie ist eh schon immer hell gewesen, doch sie wirkt blass, und viel zu sich genommen hat sie sicherlich auch nicht.

Lilly sieht an ihm vorbei zu der Urne und bleibt stehen. »Ich kann das nicht!« Die Krankenschwester tritt auch von ihrem Tresen nach vorn, auch ihr sieht man an, dass Lillys Auftreten ihr nah geht. »Kleines, du musst das nicht tun, wenn du möchtest, lassen wir deine Mutter hier. Wir haben hinten einen Friedhof, und dort kann sie bleiben.« Santos tritt zu Lilly, egal wie schwer es ihm fällt, er nimmt die Urne und legt sie in die dazugehörige Box.

»Nein, wir kümmern uns darum, vielen Dank für Ihre Hilfe und all die Mühe, die Sie hatten.« Die Krankenschwester nickt, sieht aber immer noch besorgt aus. Lilly reagiert gar nicht, bis Santos ihre Hand in seine nimmt, er verschränkt ihre Finger, und sie folgt ihm nach draußen, mittlerweile ist er sogar dafür dankbar, er wird für sie da sein und sich um sie kümmern.

Sie gehen zusammen zu seinem Auto, er weiß nicht genau, was er mit der Urne tun soll, also legt er die Box vorsichtig nach hinten auf den Boden, sodass sie während der Fahrt nicht beschädigt werden kann. Als er die Tür schließt, wendet er sich zu Lilly um, die mit den Tränen kämpft und ihn ansieht. »Ich kann das nicht, das ist nicht richtig, sie sollte eine richtige Beerdigung bekommen, und was soll ich jetzt tun ohne sie ...«

Santos nimmt Lilly fest in seine Arme und sie beginnt zu weinen. Auch wenn sie aussieht, als wäre sie die letzten zwei Tage durch die Hölle gegangen, bricht sie noch einmal in seinen Armen zusammen. Wie schon am Strand hält Santos sie, er küsst ihren Kopf und inhaliert ihren so vertrauten Geruch. »Wo warst du die zwei Tage? Ich habe dich gesucht.«

Lilly entfernt sich ein wenig von ihm und wischt sich die Tränen weg, er hätte es für sie getan, doch er bezweifelt, dass sie das zugelassen hätte. »Wieso hast du mich gesucht? Ich bin in ein Motel gegangen und wollte ... ich habe versucht herauszufinden, was ... ich weiß es auch nicht.« Wie verweint und fertig sie auch aussehen mag, für ihn ist sie die schönste Frau der Welt.

»Du hättest zu mir kommen sollen, Lilly!« Sie sieht ihn ungläubig an, trotzdem bleibt sie noch eng bei ihm stehen. »Nach allem, was war?« Santos sieht ihr ernst in die Augen »Immer!«

Lilly sucht nach Worten und wieder treten Tränen in ihre schönen Augen, es ist nicht der richtige Zeitpunkt für solche Gespräche. »Komm jetzt, deine Mutter meinte das Meer an unserem Strand, oder? Wo sie immer hin ist, wenn sie nicht weiter wusste.« Lilly nickt. »Aber es ist nicht richtig ...« Santos hält ihr die Beifahrertür auf »Sie wollte es so, ich glaube, du stellst es dir nur so schlimm vor. Wir machen das zusammen, Lilly, ich bleibe bei dir. Denkst du, wir brauchen ein Grab und einen Grabstein, um uns an deine Mutter zu erinnern?«

Lilly sagt nichts mehr, doch sie steigt ein. Bis er auf seiner Seite sitzt und den Motor startet, hat Lilly ihre Schuhe schon abgestreift und sieht gedankenverloren aus dem Fenster.

Manche Dinge ändern sich wirklich nicht, sie hat das früher immer getan, Lilly liebt es seit ihrer Kindheit, barfuß zu sein, oft ist sie in der ganzen Cuidad barfuß umhergelaufen. Santos sieht auf ihre Schenkel. Früher hat er immer eine Hand auf ihre Schenkel gelegt. Er hat diesen Farbkontrast zischen ihnen geliebt, und generell hat er sie ständig berührt, wenn sie zusammen waren. Ihre Schenkel sind etwas dünner als früher, doch noch immer so cremig und schön.

Er sieht den kleinen Leberfleck auf ihrem rechten Oberschenkel. Diese süße Stelle. Es gibt nichts, was Santos und Lilly nicht ausprobiert hätten, das Vertrauen und das Gefühl der Sicherheit war so groß bei ihnen, dass es nichts gab, was sie nicht zusammen wenigstens einmal probiert hätten, und doch sitzen sie jetzt nebeneinander, als hätte es die Jahre vor seinem Geburtstag und der Sache mit Nacho nicht gegeben.

Doch ja, zugegeben, für ihn hat auch nur diese eine Sache Bedeutung gehabt die letzten zwei Jahre, vielleicht damit er nicht spürt, wie sehr sie ihm fehlt.

Santos hält vor einem Blumenladen. »Ich komme gleich wieder.« Er hat Lillys Mutter immer jedes Jahr einen ganz besonderen Strauß Blumen zusammengestellt, sie hatte einen ungewöhnlichen Blumengeschmack, und er musste ihre Lieblingsblumen immer binden lassen. Während er mit Ponce telefoniert und ihn bittet, eines der Boote fertig zu machen, zeigt er der Verkäuferin, welche Blumen er haben möchte. Als sie fragt, ob sie gebunden werden sollen, schüttelt Santos den Kopf.

Zurück im Auto legt er die vielen losen Blumen nach hinten, Lilly reagiert kaum, als er wieder losfährt, kann Santos nicht anders. Seine Hand fährt an ihre Wange. »Hast du geschlafen?« Lilly reagiert nicht auf seine Berührung, sie blockt sie aber auch nicht ab. Santos seufzt innerlich auf, sie müssen das klären, er möchte das unbedingt wieder in Ordnung bringen.

Doch alles zu seiner Zeit, als erstes fahren sie zu ihm nach Hause. Die Männer, die gerade als Wachen eingeteilt sind, begrüßen ihn und natürlich auch Lilly. Santos kann diesen fragenden, abschätzenden Blick nicht mehr sehen, diese ungestellten Fragen in aller Augen. 'Santos und Lilly? Sind sie wieder zusammen?' Er ignoriert die Blicke, parkt und nimmt die Blumen heraus.

Auch wenn sie erst zögert, trägt Lilly die Urne ihrer Mutter schließlich und läuft neben ihm zum Haus seines Vaters. Er kommt auch von seinem Haus ans Meer, hier durch geht es aber schneller. Er ist froh, niemanden zu treffen, doch als sie das Haus des Vaters betreten, kommt dieser gerade die Treppe herunter, mit seinem Handy am Ohr. Er sieht von Santos zu Lilly und legt auf.

»Es tut mir so leid, Lilly, deine Mutter war eine gute Frau. Brauchst du irgendetwas? Können wir dir bei etwas helfen?« Santos' Vater hat Lilly immer geliebt, sie war ja auch immer bei ihnen und mit Santos zusammen. Santos' Vater umarmt Lilly lange, dabei sieht er kurz seinem Sohn in die Augen, auf die Blumen und dann auf die Urne, wo sich sein Blick etwas verändert, natürlich ist es irgendwie gruselig, doch Santos will Lilly dabei helfen.

»Danke, das Einzige, was noch zu klären ist, ist mit dem Laden. Die Unterlagen liegen alle im Laden, doch der Vermieter sagt, ich muss einen Nachmieter finden.« Santos' Vater nickt. »Hast du die Schlüssel?« Santos spürt Enttäuschung in sich hochkommen, seinen Vater kann sie um Hilfe bitten, doch sie denkt nicht einmal daran, zu ihm zu kommen? Lilly kramt den Schlüssel aus ihrer Tasche hervor und gibt ihn Santos' Vater.

»Bekommst du noch Geld von ihm?« Lilly schüttelt den Kopf. »Ich musste hart arbeiten, damit wir jetzt alles ausgeglichen haben und ihm nichts mehr schulden.« Santos' Vater küsst Lillys Stirn. »Mach dir keine Gedanken, ich kümmere mich darum, du hast mit dem Laden nichts mehr zu tun. Fahrt ihr aufs Meer?« Lilly nickt und als Santos hört, wie auch noch Ponce von oben kommt, deutet er Lilly mitzukommen und erklärt seinem Vater schnell, dass er bald zurück ist.

Ponce hat wirklich alles vorbereiten lassen, die kleine Jacht ist bereit. Es gibt vorn und hinten eine Liegefläche und bei beiden liegen Decken, falls es kühler wird. Unten gibt es ein kleines Schlafzimmer und eine kleine Küche. Santos geht dorthin und legt die Blumen ab, dabei bemerkt er, dass Essen und Trinken aufgefüllt wurden. Als er wieder nach oben kommt, sitzt Lilly schon mit angezogenen Beinen auf der Liegefläche, vor sich die Urne und sieht traurig aufs Meer.

Santos hebt noch einmal die Hand zu den Männern am Steg und startet den Motor, bald geht die Sonne unter, und er will bis dahin angekommen sein.

»Wer schreibt dir? Langsam werde ich neugierig.« Belinda steckt glücklich ihr Handy weg und nimmt ihrer Cousine den Bagel aus der Hand, um sich davon ein Stück abzureißen. Natürlich kann sie ihr nicht verraten, dass sie vor einigen Tagen die Nacht bei Vidal im Krankenhaus verbracht hat. Als sie am nächsten Morgen aufgewacht sind, ist Belinda ziemlich schnell gegangen, weil klar war, dass die Los Puentes nach dem ersten Schrecken Rache wollen und sie da nicht unbedingt über sie stolpern sollten.

Die Nacht war schön, Vidal hat sie in seinen Armen gehalten, am nächsten Morgen wusste keiner mehr so richtig, was sie sagen oder machen sollen, wie es weitergeht und ob und wann sie sich sehen, doch der Kuss zum Abschied gibt Belinda eine beruhigende Gewissheit, dass sie sich sehen werden. Natürlich hat Vidal jetzt viel zu tun, sie sind ständig unterwegs, doch noch am selben Abend hat Belinda eine Nachricht auf ihr Handy bekommen, dass sie gut schlafen soll.

Vidal hat sich von Camilla endlich ihre Nummer geben lassen. Seitdem schreiben sie sich ein- oder zweimal am Tag, immer nur kurz, ob alles in Ordnung ist oder er wünscht ihr eine gute Nacht, doch jedes Mal klopft Belindas Herz wie wahnsinnig, weil es so viel mehr bei Vidal bedeutet als bei einem anderen Mann.

Vidal müsste sich komplett von ihr abwenden, was er ja offenbar nicht tut. Er hat ihr gestanden, dass er Gefühle für sie hat und auch wenn man merkt, dass er nicht gern Nachrichten versendet und wahrscheinlich eher schreibfaul ist, tut er es für sie. Gerade hat sie ihm geschrieben, dass sie jetzt mit Alena am Flughafen ist, um April abzuholen.

»Ich habe das Gefühl, du hast ein genauso süßes Geheimnis wie ich.« Alena schwärmt momentan auch nur noch von ihrem B. Sie treffen sich immer noch nur ab und zu auf dem Friedhof, doch ihr genügt das schon. Belinda ist froh, dass diese Flirterei sie ein wenig von der Trauer um Adrian abgelenkt hat, doch sie möchte nicht, dass es ihr Bruder oder einer ihrer Cousins erfährt, deswegen hält sie es noch sehr geheim.

»Wohl eher ein gefährliches Geheimnis.« Alena lacht und deutet auf den Ausgang, wo langsam die Passagiere des Fluges aus Portland herauskommen. »Gefährliche Geheimnisse sind auch immer süße Geheimnisse.« April taucht auf und Belinda strahlt, als sie ihre wunderhübsche beste Freundin endlich mal in einem niedlichen schwarzen Sommerrock und einem Häkeltop sieht, statt immer nur in der Regenkleidung in Portland.

»Aprillll« Belinda ist so schnell bei ihr, dass Alena kaum hinterherkommt. Sie umarmen sich, April bleibt zwei Wochen bei ihnen, sie hat, auch wenn alle noch etwas angeschlagen wegen Adrians Tod sind, dafür gesorgt, dass heute Abend eine kleine Feier mit

Grill und Lagerfeuer stattfinden wird, genau wie es diese Feier für sie gegeben hat.

Alejandro hat immer mal wieder nach April gefragt und hat angeboten, Belinda zum Flughafen zu begleiten, doch Alena wollte April auch unbedingt kennenlernen, deswegen stellt Belinda sie gleich vor und die beiden umarmen sich auch.

April lächelt und wedelt mit den Reiseunterlagen vor ihrem Gesicht herum. »Ist das heiß hier.« Zwei Männer mit Waffen im Hosenbund laufen an ihnen vorbei, sie gehören sicherlich auch zu einer Familie und Aprils Gesichtsausdruck, als sie auf die Waffen blickt, lässt Belinda auflachen. Sie hakt sich bei April ein und hilft ihr mit den Taschen.

»Willkommen in Puerto Rico!«

Santos blickt auf Lillys Rücken, sie braucht noch ein paar Minuten für sich. Sie klammert sich an der Urne fest und sieht in den Sonnenuntergang, der sich über ihnen und um sie herum erstreckt. »Okay, ich denke ich bin so weit.« Lilly wendet sich zu ihm um und er bringt die Blumen zu ihr. Lilly kniet sich auf der Liegefläche so hin, dass sie die Urne über das Meer halten kann. Santos setzt sich zu ihr.

Lilly sieht ihm noch einmal in die Augen, er nickt und sie öffnet die Urne, die Asche verstreut sich mit dem Wind auf dem Meer. Es ist ganz still und auch wenn es sich komisch anfühlt, weiß Santos, dass es richtig ist. Santos reicht Lilly die Blumen, sie lässt erst einzelne Blätter und dann alle Blumen ins Wasser, beide sagen kein Wort.

Es sieht schön aus, wie die Blumen um das Boot herum im Wasser gleiten und dort schwimmen und Lillys Mutter auf ihrem letzten Weg begleiten. Die letzte Blume wirft Santos ins Wasser und spricht dabei ein Gebet.

Lilly weint, doch nicht mehr so herzzerreißend und verzweifelt, stumme Tränen verlassen ihre Augen und schlängeln sich über ihre Wangen.

Santos setzt sich genau hinter sie und umarmt sie, so können beide auf das Meer blicken. Lilly lässt diesen Trost zu, sie lehnt sich an Santos' Brust. »Es war doch eine gute Idee. Weißt du, am Strand, als du sie hergebracht hast, wusste ich eigentlich, dass es ihr letzter richtiger Blick auf die Welt sein wird, und doch habe ich diese Gedanken nicht richtig zugelassen. Es ist schön, dass sie jetzt hier ihre Ruhe findet.«

Santos blickt auf den Strand, vor dem sie im Meer sind und wo vor noch gar nicht so langer Zeit Lillys Mutter saß und sich das letzte Mal den Sonnenuntergang angesehen hat.

Santos blickt in die untergehende Sonne, lehnt sich gegen die Schiffswand und zieht Lilly enger an sich. Beide schweigen und genießen den Sonnenuntergang, als Lilly sich etwas schräger hinsetzt, küsst Santos ihre Wange. Es fällt ihm sehr schwer, so auf sie zuzugehen, lange Zeit hat er sich eingeredet, sie zu hassen, doch jetzt spürt er, dass es nicht so ist.

Er ist kein Mann, der einer Frau hinterherrennen würde, doch dass hier bei ihm ist nicht irgendeine Frau, das ist seine Lilly und wenn er möchte, dass sie beide es noch einmal miteinander probieren, muss er etwas tun.

»Mir fehlt das, dieses Gefühl wie jetzt, wenn wir zusammen sind, dass es nur uns beide gibt.« Santos hört selbst, wie leise seine Stimme wird, am liebsten würde er sich räuspern, aber er möchte nicht noch mehr wie ein Weichei wirken. Er würde alles für Lilly tun, doch so über seine Gefühle zu sprechen, ist für ihn ungewohnt.

»Mir fehlt so einiges … am meisten diese Kleinigkeiten, dass du immer da warst, ich immer irgendwie Kontakt zu dir hatte. Selbst wenn du den ganzen Tag wegen der Geschäfte unterwegs warst, bist du plötzlich nachts aufgetaucht und hast dich zu mir ins Bett gelegt und mich in deinen Armen gehalten.«

Santos lächelt, er umfasst sie stärker. »Ich bin vor allem am Anfang sehr oft aufgewacht und habe mich nach dir umgesehen, es hat immer gedauert, bis ich begriffen habe, dass du weg bist.« Lilly legt ihre Hand über seine, Santos will ihr gerade sagen, dass sie darüber sprechen sollten, einen Weg finden müssen, wieder zusammen zu kommen, da lächelt Lilly matt. »Aber es ging irgendwann, ich denke, man gewöhnt sich an alles.«

Das Glücksgefühl, das sich wieder in Santos aufbaut, ist von einer zur anderen Sekunde verschwunden. Heißt das, sie vermisst ihn gar nicht mehr? Dass sie nicht noch genauso starke Gefühle wie er hat? Hat sie vielleicht schon längst einen Neuen? Darüber hat Santos nie nachgedacht, weil es für ihn selbst so abwegig war, das jemals in Betracht zu ziehen. Santos setzt wieder an, etwas zu sagen, doch wieder ist Lilly schneller.

Sie steht auf und sieht ihn an. »Danke, dass du mir geholfen hast, Santos, ich hätte nicht mit deiner Hilfe gerechnet. Nicht nach alldem, was zwischen uns passiert war, doch jetzt bin ich auch froh, dass wir wieder normal miteinander umgehen können. Es wird dunkel, wir sollten zurückfahren.«

Sie lächelt, und Santos hat noch nie etwas Schöneres gesehen, als sie mit den wehenden Haaren in dem Licht der untergehenden Sonne, auch wenn es sich anfühlt, als würde sie ihm gerade ein Messer in den Bauch stechen.

Santos sollte sie anschreien, ihr begreiflich machen, dass er diese Distanz zwischen ihnen nicht mehr möchte, dass ihm so vieles leid tut und er die alte Lilly und den alten Santos, das frühere Gefühl der Verbundenheit wiederhaben möchte. Ihr wirklich alles sagen, doch er nickt nur, er kann nicht so einfach über seinen Schatten springen, nicht wenn er sie jetzt so distanziert erlebt.

Als Lilly nach unten geht und er die Jacht in Richtung der Cuidad Sombras lenkt, flucht er auf. Er muss herausfinden, ob sie wirklich bereits so viel Distanz zu ihm aufgebaut hat. Er glaubt es nicht, sieht etwas anderes in ihren Augen, wie ihr Körper auf ihn reagiert und wie wohl sie sich fühlt, wenn sie die Nähe zulässt, doch er muss es wirklich herausfinden, glauben allein hilft ihm da nicht weiter.

April sieht sich in dem riesigen Badezimmer um. Als sie kleiner war, hatte ihre Mutter mal eine Putzstelle in einem Luxushotel und hat sie manchmal mit dahin genommen. Dort gab es auch so prachtvolle Bäder. April wäscht sich die Hände, alles hier wirkt unglaublich auf sie. Puerto Rico ist wunderschön, das Gelände, auf dem Belinda lebt, ist gigantisch und April hat noch nie so etwas Luxuriöses und Schönes gesehen, wie die Wohnung, die der Vater von Belinda einfach mal so hat für sie anfertigen lassen.

April kommt aus dem Staunen gar nicht mehr heraus, trotzdem spürt natürlich auch sie bereits, was Belinda so unsicher hier werden lässt. April und Belinda haben vorhin mit Belindas Vater und ihrem jüngsten Bruder zu Mittag gegessen, aber auch wenn die beiden wahnsinnig freundlich und lieb sind, spürt man doch, dass sie keine harmlosen Männer sind.

Sie sieht, dass fast alle hier Waffen tragen. Auch wenn Belinda und sie noch nicht wirklich dazu gekommen sind, allein miteinander zu sprechen, weiß sie, dass sie die nächsten Tage einiges erfahren wird. Doch sie lässt sich davon nicht abschrecken, sie sieht, wie glücklich Belinda hier ist, obwohl sie noch nicht ganz sicher ist, wie es weitergeht und wo genau sie leben soll, ist Belinda glücklich, und das ist das Wichtigste.

April hat außerdem gemerkt, wie sehr Belindas Vater, die Brüder, Cousins und Cousinen schon jetzt an ihr hängen. Wenn Belindas Vater sie ansieht, sprüht sein Blick nur so vor Stolz und Liebe, auch der Rest der Familie hat sie schon vollkommen aufgenommen. April freut sich sehr für ihre Freundin, auch wenn sie Belinda so vielleicht nicht mehr so oft sehen kann, doch das Glück von ihr geht natürlich vor.

April sieht in den Spiegel, sie hat sich immer für exotisch gehalten, doch die Frauen, die hier herumlaufen, geben dem Ganzen erst einen richtigen Begriff. April dachte immer, sie wäre schon dunkel, doch die Frauen hier sind teilweise noch dunkler, haben längere Haare, größere Brüste, und obwohl April sehr stolz auf ihren Hintern ist, muss sie zugeben, dass man auf einigen hier ohne Probleme sein Glas abstellen könnte.

Sie hat sich nicht geschminkt, außer dass sie knallroten Lippenstift trägt, der zu ihren roten Pumps passt, die sie zu Jeansshorts und Trägerhemd trägt. April weiß, wie man sich sexy kleidet, sie hat auch kein Problem mit der Art, wie man hier flirtet und tanzt, wenn sie sich aber Belinda die ersten Tage hier vorstellt, muss sie leise lachen, für sie wird es ein Schock gewesen sein.

Noch einmal streicht sie ihre Haare glatt, die sich bei der Feuchtigkeit hier leider immer wieder zusammenkringeln, dann tritt sie hinaus.

Sie war in einem Gemeinschaftsraum auf der Toilette, Belinda und Alena sitzen im Garten am Feuer mit ihrem Bruder Ponce, den Cousins Levi und Roman und einem lustigen Kerl namens Suerte, der ganz offensichtlich bis über beide Ohren in Belinda verliebt ist.

»Hallo, du Schönheit, ich habe dich hier ja noch nie gesehen, wie heißt du?« Ein Mann versperrt ihr den Weg auf dem schmalen Gang von den Toiletten weg, indem er sich mit einer Bierflasche an die Wand lehnt und sie anstarrt. April will einfach weiter, doch er greift nach ihrem Arm. »Warte, warte, nicht so schnell, verrate mir deinen Namen. Du weißt, dass du hier zu uns allen nett sein musst.«

April will gerade ihren Arm losmachen, da meldet sich eine ihr vertraute Stimme. »Lass ihren Arm los, Gustafo, seit wann haben wir es nötig, uns Frauen aufzudrängen.« Alejandro kommt nun auch in den schmalen Gang und sieht warnend zu dem anderen Mann.

Aprils Herz schlägt sofort schneller, sie hat die zwei Wochen, die zwischen Alejandros und Belindas Besuch und ihrem Besuch in

Puerto Rico liegen, oft an ihn gedacht. Belindas ältester Bruder sieht heiß aus, er ist für sie der Inbegriff eines Traummannes. Er hat wunderschöne Augen, ein süßes Lächeln, einen traumhaften Körper und ein Auftreten, das jede Frau schmelzen lässt ... nur leider weiß er das auch ganz genau.

»Entschuldige Alejandro, du hast recht.« Der andere Mann hebt unschuldig die Hände und ist schon verschwunden, während Alejandro sich lächelnd an sie wendet. »Sieh an, wenn das nicht Belindas Freundin April ist, die schon jetzt den Männern hier den Kopf verdreht.« April muss auch lächeln. »Wenn das nicht Belindas Bruder ist, der immer da ist, wenn man Hilfe braucht.«

Beide scheinen einen Moment an die Sache mit Lewis zu denken, Alejandro blickt ihr in die Augen. »Stimmt, du verhandelst gerne mit Männern. Ich denke, hier wirst du da aber schlechte Karten haben.« Er geht auf die Toilette und April wird warm, er hat das vollkommen missverstanden mit der Sache mit Lewis. Nein, eigentlich hat er das nicht, sie hat sich falsch verhalten, aber dadurch hat er zumindest nun einen vollkommen falschen Eindruck von ihr.

April wartet, bis er wieder aus der Toilette kommt. Etwas überrascht blickt er sie an, er hatte wahrscheinlich gedacht, sie wäre weg. »Ich hatte dir schon versucht zu erklären, dass du das ... ich bin nicht so, wie du das jetzt denkst, ich hoffe, ich habe die Gelegenheit, dir das zu zeigen in der Zeit, wo ich hier bin.« Alejandro lächelt frech, er steht jetzt nah bei ihr und April kann seinen würzigen Duft erhaschen, wie gesagt, er ist ein wirklicher Traummann.

Ihr Herz stolpert ein wenig, als er mit seinem Gesicht etwas näher kommt, doch dann deutet er nach draußen. »Na komm, ich bringe dich zu meiner Schwester, und es wird vermutlich eh nicht schaden, dich ein wenig im Auge zu behalten. Du bist hier in meinem Land, ich bezweifle, dass du wirklich weißt, wie man hier in Puerto Rico zurechtkommt.«

Er geht vor, April ärgert sich, vor allem als sie sieht, dass er immer noch amüsiert grinst, doch sie folgt ihm nach draußen und beschließt, Alejandro vielleicht doch lieber ein wenig aus dem Weg zu gehen.

Kapitel 13

Belinda dreht und wendet sich vor dem Spiegel, eigentlich wollten sie nur ein paar Kleidungsstücke für April holen, doch nun steht sie auch in der Ankleide und bestaunt sich im Spiegel.

Die letzten drei Tage waren traumhaft, es ist so schön, April hier zu haben, sie waren fast immer mit Alena zusammen, aber auch mit Camilla und oft im Café bei Pablo. Sie waren am Meer, ihr Vater hat mit ihnen einen Hubschrauberflug über Puerto Rico gemacht, und sie waren mit Camilla auf den legendären Dachpartys am Hafen. Alena und Camilla mögen beide April, und besonders jetzt beim Shoppen spürt man, dass Alena und April auf einer Wellenlänge sind, was den Kleidungsstil betrifft.

Alena hat es nicht geschafft, ihren B wiederzusehen, sie will es morgen probieren, doch außer dass er ein paar Mal ihre Hand gehalten hat, war da eh noch nicht viel, trotzdem spürt Belinda, dass sich Alena mehr erhofft.

Camilla schwebt auf Wolke sieben mit Dante, sie wollen übermorgen für zwei Tage wieder zu ihrer Familie fahren. Belinda ist auch aufgefallen, dass sich Alejandro, seitdem April da ist, auffallend oft in ihrer Nähe aufhält, plötzlich mit zu Mittag isst oder sie irgendwo abholen kommt.

April und er sprechen zwar nicht viel miteinander, doch manchmal sagen Blicke mehr als Worte. Sie würde sich freuen, wenn da etwas zwischen April und ihm entstehen könnte, doch ihre beste Freundin hat nur gelacht, als sie ihr das gesagt hat.

Irgendwie scheint sich trotzdem gerade alles um Liebe und Gefühle zu drehen, ob positiv oder negativ, Santos zum Beispiel ist momentan sehr viel am vor sich hin grübeln. Er hat Geschäfte abgesagt oder an Ponce weitergeleitet und scheint zu versuchen, sich über einige Dinge klar zu werden.

Belinda baut eine immer engere und festere Bindung zu ihrem Vater und ihren Brüdern auf, sie hätte nicht gedacht, dass ihr das so schnell gelingen würde, doch es fühlt sich ganz natürlich an.

Gestern hat sie Santos in einer Hängematte vorgefunden und sich zu ihm gelegt, sie haben beide zusammen für einige Minuten vor sich hin gedöst, dann hat Santos sie fest in seine Arme genommen, ihre Stirn geküsst und ihr gesagt, dass er sie sehr lieb hat. Es ist sehr schnell, doch es fühlt sich für sie alles ganz natürlich an.

Auch Belindas Gefühlsleben spielt gerade verrückt, sie denkt ständig an Vidal, sie schreiben öfter und gestern hat er sie angerufen, kurz bevor die Trauerfeier für die verstorbenen Puentes-Mitglieder war. Dieses Mal sind nur ihre Brüder gegangen und Vidal hat ihr gesagt, dass sie beide sich bald treffen müssen. Er möchte etwas mit ihr besprechen.

Belinda hatte niemals vor, sich in Vidal zu verlieben, doch irgendwie ist es passiert, und nun müssen sie beide sehen, wie das zwischen ihnen weitergeht.

Nach der Trauerfeier war vor allem Alejandro extrem genervt, und das erste Mal, seitdem Belinda hier ist, gab es eine Besprechung mit allen Mitgliedern. Sie haben sich dafür im Gemeinschaftshaus versammelt. Belinda hat kurz überlegt mitzugehen oder die Versammlung auszuspionieren, doch vielleicht ist es sogar besser, wenn sie nicht alles weiß.

»Passt die Größe?« Belinda wird aus ihren Gedanken gerissen, als die Verkäuferin sie von draußen anspricht. »Es ist ein Traum.« Belinda hat ein sündhaftes Kleid anprobiert, was ihr sofort ins Auge gefallen ist. Es ist bordeauxrot und umhüllt ihren Körper wie eine zweite Haut. Es geht bis zu den Knien, hat aber hinten einen längeren Schlitz, danach ist es hochgeschlossen, doch so eng, dass Belindas Po noch nie besser aussah.

Vorn ist es tief ausgeschnitten, es hat einen tropfenförmigen Ausschnitt. Belinda weiß, dass sich viele Frauen hier so kleiden, doch sie hatte solch eine Sünde noch nie an, und doch kann sie jetzt kaum den Blick vom Spiegel nehmen. »Hier, das passt dazu.« Die Verkäuferin schiebt ihr passende bordeauxfarbene Pumps, eine Clutch und einen Lippenstift in der Farbe zu.

Belinda zieht alles an und trägt den Lippenstift auf. Nun ist sogar sie von sich selbst verzaubert. Ihr Handy klingelt und ohne vom Spiegel wegzusehen, nimmt sie das Gespräch an.

»Hallo?« Sie hat nicht einmal nachgesehen, wer dran ist.

»Hi Süße, wo bist du? Kannst du dich für zwei Stunden losmachen, wir müssen reden.« Belindas Herz schlägt schneller: Vidal.

»Ja sicherlich, wo soll ich hinkommen?«

»Komm ins Cabla, Suite 40.«

Belinda geht schnell aus der Umkleide, das Cabla ist in der Nähe des Hafens und das teuerste Hotel Puerto Ricos. Ihr Herz schlägt immer schneller, sie wird Vidal wiedersehen, was er wohl mit ihr besprechen möchte? Eigentlich kann sie sich das denken, trotzdem freut sie sich darauf.

April und Alena sind gerade über Alenas Handy gebeugt, doch dann sehen sie sie an. »Wow, Belinda das ist … traumhaft. Es ist … wie für dich gemacht.«

Belinda hat ganz vergessen, dass sie das Kleid trägt. »Ich müsste für zwei Stunden weg …« Sie sieht April an, die grinst und die Augenbrauen hochzieht. »Ohhh, okay. Kein Problem, Schatz, wir haben gerade ein paar Outlethallen aufgetan, wo wir hinwollten, ich möchte dort Bestellungen für die Boutique aufgeben.« Alena hakt sich bei April ein. »Genau, amüsiere dich, du hältst mir auch oft genug den Rücken frei, aber ich muss auch bald mal erfahren, wer dich so zum Strahlen bringt.« Belinda küsst beide auf die Wangen.

»Ich nehme ein Taxi und stoße später zu euch.« Die Verkäuferin kommt um die Ecke. »Und, nehmen Sie das?« Belinda sieht sich noch einmal im Spiegel an. »Wie viel macht das alles zusammen?« Die Verkäuferin überlegt kurz. »Es ist gerade im Sale, mit Schuhen,

Tasche und Lippenstift macht alles zusammen 680 Dollar.« Belinda und April schrecken ein wenig zusammen und Alena lacht über sie.

Sie nimmt Belindas Handtasche und kramt aus ihrem Portemonnaie die schwarze Kreditkarte ihres Vaters heraus, die sie bisher noch nie benutzt hat. »Sie lässt das alles gleich an.«

Sie gibt der Verkäuferin die Karte und kramt Belindas wichtigste Sachen von der Handtasche in die Clutch. »Du bist jetzt eine Sombras. Hab deinen Spaß.« Belinda, April und Alena verstauen Belindas alte Sachen in einer Tüte, die April und Alena mitnehmen und mit klopfendem Herzen verlässt Belinda den Laden und steigt in ein Taxi.

Sie hat ein sündhaft teures Kleid an, fährt ins beste Hotel des Landes und trifft dort den schönsten Mann, den Belinda jemals gesehen hat, sie fühlt sich wie dreizehn und vor ihrem ersten Kuss oder wie aus diesen Hollywood-Filmen, wo das einfache Mädchen zu ihrem Prinzen fährt ... obwohl ihr Prinz der Anführer einer Familia ist, aber das ist nebensächlich.

Die Fahrt dauert nur fünfzehn Minuten. Als Belinda das Hotel betritt, fühlt sie sich schon so wie im Film, dass sie nicht einmal angesprochen wird. Sie geht direkt zu den goldenen Fahrstühlen und fährt in die Etagen, wo sich die Suiten befinden. Das Hotel hat sogar eine Extra-Etage nur für ihre Gäste mit genug Geld. Wie kommt Vidal eigentlich dazu, solch ein teures Zimmer zu mieten, nur um sie zu treffen? Das andere Zimmer, beim letzten Mal, war doch auch vollkommen in Ordnung.

Als sie die Suite 40 findet, kommt gerade ein Hotelpage aus dem Zimmer mit einem leeren Wagen, der wahrscheinlich Getränke oder etwas zum Essen gebracht hat. Belinda geht durch die geöffnete Tür. Vidal steht auf dem Balkon und tippt etwas in sein Handy ein, als er hochsieht, stockt er kurz, bis das Schließen der Suitetür ihn daran erinnert zu atmen.

»Wow, Puerto Ricos Schönheit hat mich wieder einmal umgehauen.« Belinda lächelt und geht zu ihm, auch er kommt wieder in den Raum, doch bevor Belinda bei ihm ist, stockt sie beim Anblick der Suite. Hier ist alles in Samt und rot gehalten, es gibt ein riesiges Bett und große Kleiderschränke. Sie sieht, dass eine Art Wohnzimmer abgeht und ein Bad, doch kurz bevor das Bad anfängt, ist ein Pool im Zimmer eingelassen.

Man geht einige Stufen hinab, um ins Wasser zu gelangen, durch die dunklen Kacheln wirkt es mysteriös und sexy, es ist nicht groß, doch am Ende gibt es eine Art Tisch, der aber noch etwas im Wasser liegt und einige Hocker. Vielleicht wurde das so gemacht, falls man hier eine Feier machen möchte, auf jeden Fall wirkt hier alles teuer.

Belinda spürt Vidals Arme um sich, er umarmt sie von hinten, während sie sich in der Suite umsieht. »Wieso siehst du heute so verdammt sexy aus, ich wollte mit dir reden, jetzt fällt es mir schwer, auch nur einen klaren Gedanken zu fassen.« Belinda lächelt und dreht sich um, sodass sie genau vor ihm steht.

Sie liebt es, sie liebt seine Nähe, sie liebt seine dunklen gerade verwuschelten Haare, die Augen, die nach all den letzten Tagen so müde wirken und trotzdem so liebevoll zu ihr blicken, seine Lippen, seine Tattoos, einfach alles an ihm.

»Ich habe dich vermisst.« Belinda ist einfach ehrlich, es gibt vieles, was zwischen ihnen steht, vieles, was unausgesprochen ist, doch sie ist einfach sehr offen und lässt ihr Herz sprechen. »Ich habe dich auch vermisst, im Krankenhaus war ich leider etwas zu geschwächt, doch seitdem vermisse ich es, neben dir aufzuwachen.«

Belinda ist so erleichtert und glücklich, dass Vidal so offen mit ihr über seine Gefühle redet, dass sie ihre Arme um seinen Nacken legt. »Wie kommt es, dass dieser Kampf gegen das hier, die Einstellung, dass das zwischen uns nicht richtig ist und dass du dich mit anderen Frauen vergnügen solltest, um das zwischen uns zu vergessen, alles vorbei ist?«

Vidal beugt sich vor und küsst sie zärtlich, doch bevor er den Kuss ausdehnt, entzieht er sich wieder ein wenig. »Sagen wir es so, ich wollte all das vergessen, doch ich habe schnell gemerkt, dass es ein Unterschied ist, ob ich dich oder irgendeine andere Frau im Arm halte.

Und bei der Trauerfeier, wie du mich so vollkommen ignoriert hast, das hat auch nochmal etwas in mir verändert. Als du dann im Krankenhaus aufgetaucht bist, habe ich das erste Mal darüber nachgedacht, wie ich es hinbekomme und nicht, wie wir all das verhindern können, deswegen wollte ich mit dir reden.«

Seine Hände gleiten zu ihrem Po. »Ich konnte ja nicht ahnen, dass du so hier auftauchst und mir das Denken so schwer machst.« Sein freches Grinsen schleicht sich auf sein hübsches Gesicht. Er drückt Belinda an sich, sodass sie seine Erregung spüren kann, doch in dem Moment klingelt sein Handy. »Warte, ich kläre nur kurz, dass wir ab jetzt ungestört sind.« Vidal küsst sie kurz und geht ans Handy, er bewegt sich wieder auf den Balkon.

Belindas Herz rast, sie ist glücklich, er will sie nicht wieder von sich stoßen, sie hat das Gefühl, das Band zwischen ihnen wird immer stärker. Sie sieht, dass er einige Sandwiches und Obst bestellt hat, dabei liegt ein eingepacktes Geschenk.

In einer Vase stehen einige rote Rosen. Belinda zieht die Blüten ab und lässt diese in das Wasser des kleinen Pools gleiten. Sie spürt Vidals Blick auf sich und beißt leicht in ihre untere Lippe, als sie zum Anfang des Pools geht und langsam das enge Kleid von ihrem Körper gleiten lässt. Belinda weiß nicht, ob sie sich das vor einem anderen Mann getraut hätte, doch Vidal ist für sie etwas anderes.

Schon als sie sich das erste Mal vereint haben, hat sie die Scham vor ihm verloren, sie waren wie eins und Belinda möchte das wieder spüren.

Sie möchte Vidal in und um sich haben, ihn so intensiv bei sich haben, wie es nur geht. Sie spürt seinen Blick und merkt, dass er sein Gespräch beendet hat. Belinda trägt nur noch einen Slip und wendet sich zu ihm um. Er hat seinen Blick wirklich komplett auf sie gerichtet und tritt gerade wieder in den Raum. Belinda lächelt, als sie erkennt, wie sehnsüchtig und lustvoll er sie beobachtet. Sie streift ihren Slip ab und geht die Treppen ins Wasser. Es ist warm, aber nicht sehr tief, die Rosenblätter tanzen um ihre Hüften, selbst als sie weiter hineingeht, wird es nicht tiefer.

Sie blickt sich erst um, als sie hört, dass Vidal zu ihr ins Wasser kommt, auch er ist nur bis zu seinen Hüften vom Wasser bedeckt. Als er bei ihr ankommt, nimmt er ihr Gesicht in seine Hände und sieht sie ernst an. »Weißt du noch vor der Hütte, als ich dir alles erzählt habe?« Belinda nickt, sie hört, wie rau Vidals Stimme wird, wie ernst sein Blick ist.

»Ich habe dir damals gesagt, dass ich nicht fassen kann, wie schön du bist und ich meinte das absolut ernst. Du kennst mittlerweile fast alle Geschichten um mich, du weißt, dass mir schon eine Frau etwas bedeutet hat und dass ich danach viele Frauen hatte ...« Belinda kann nicht einmal seinem Blick ausweichen, weil er ihr Gesicht und ihren Blick festhält. »Aber ich schwöre dir, Belinda, noch nie habe ich eine Frau so schön gefunden wie dich und so sehr gewollt.«

Belindas Herz schlägt Purzelbäume, sie sind beide komplett nackt. Belinda geht so eng an ihn heran, wie es nur geht. »Mir geht es genauso und ich möchte nichts anderes, als dich wieder ganz zu spüren, dass es nichts mehr gibt außer dich und mich ...« Vidal küsst sie, dieses Mal viel fordernder, doch immer noch unendlich zärtlich. Gleichzeitig hebt er sie hoch und sie schlingt die Beine um ihn, wobei sie sofort wieder spürt, wie gut Vidal gebaut ist und wie sehr er sie will.

Sie möchte den Kuss vertiefen, doch Vidals Hand fährt über ihre Beine zu ihrem Po und streichelt sich immer weiter hinauf, bis Belinda den Kuss unterbrechen muss, da sie so laut aufstöhnt. Belinda krallt sich an seinem Rücken fest und seine Lippen finden all ihre empfindlichen Stellen.

Als er sie auf den Tisch absetzt und sie sich nach hinten legt, fühlt sie sich ihm einen Moment komplett nackt ausgeliefert, doch der Blick von Vidal ist so zärtlich und verlangend, dass sie sich einfach nur wohl und sicher bei ihm fühlt.

Belinda ist kurz davor, die Kontrolle zu verlieren, auch Vidal atmet immer schwerer, bis er sie aus dem Wasser trägt und direkt auf das riesige Bett legt. Es stört keinen, dass sie noch nass sind, ihnen ist heiß, und die Wassertropfen auf ihrer Haut verstärken diese Gefühle alle noch mehr. Als Vidal in sie eindringt, hält er ein.

Einen Moment sieht er ihr liebevoll ins Gesicht. Belinda erwidert den Blick, und auch wenn keiner ein Wort gesagt hat, haben sie still und heimlich gedanklich ein 'Ich liebe dich' ausgetauscht.

»Was ist das?« Vidal lächelt matt und zieht Belinda noch enger in seine Arme, ihre Herzen haben sich wieder beruhigt, sie haben etwas gegessen, Vidal hat sie beide abgetrocknet, jetzt kuscheln sie sich im großen Bett aneinander. »Mach es auf, es ist nur eine Kleinigkeit, ich habe es gesehen und musste an dich denken.« Belinda öffnet das kleine Paket und heraus kommt ein feines Armband, es wird von einer kleinen, runden goldenen Platte gehalten, kleiner als ein Geldstück, doch in Form einer Münze. Darauf sind Zeichen eingraviert, die Belinda nicht kennt. »Es ist wunderschön, danke, was bedeutet das?«

Vidal bindet ihr das Armband um ihr Handgelenk und küsst ihre Wange. »Kennst du die Armbänder nicht, die haben bei uns eine lange Tradition. Dieses hier steht dafür ... dass du immer geschützt sein sollst, ich kann das schlecht erklären, es steht für Schutz quasi.« Belinda lächelt und dreht sich so, dass sie ihren Kopf auf ihren Arm stützen und ihn ansehen kann. »Danke, ich werde es immer tragen. Worüber wolltest du jetzt eigentlich genau mit mir sprechen?«

Vidal nimmt sich eine ihrer langen Haarsträhnen und zwirbelt sie um seine Finger. »Ich möchte nicht, dass du meine Worte falsch verstehst, ich weiß gar nicht genau, wie ich anfangen soll ...« Belinda küsst seine Wange und zärtlich seine Lippen. »Ich verstehe es nicht falsch, sag es einfach.«

Vidal sieht ihr in die Augen. »Wir beide wissen, dass das, was wir jetzt machen, kein Dauerzustand sein kann und wenn ich momentan Camilla und Dante sehe, weiß ich auch, dass ich das möchte, nicht dieses versteckte, sondern dich immer bei mir haben will. Jetzt habe ich jemanden gefunden, mit der ich ... zusammen sein möchte und es geht nicht, das macht mich wirklich wütend.« Auch wenn sich bei seinen Worten seine Stirn vor Wut in Falten legt, muss Belinda lächeln über seine süßen Worte, er will mit ihr zusammen sein.

»Gestern auf der Trauerfeier hat nicht viel gefehlt und ich hätte Alejandro ... ich hätte ihn am liebsten umgebracht. Dein Bruder denkt wirklich, ihm gehöre die Welt, ich war so kurz davor ... aber weil ich an dich dabei gedacht habe, habe ich mich zurückgenommen. All das geht nicht mehr, Süße, und ich möchte jetzt auch nicht wieder sagen, wir dürfen uns nicht mehr sehen, und in einer Woche finden wir dann eh wieder zusammen.«

Belinda setzt sich auf, sie spürt, dass das doch nicht so ein einfaches Thema wird. Auch Vidal stützt sich nach hinten auf seinen Armen ab. »Was sollen wir dann tun, Vidal?« Sie hört selbst, wie unsicher sie klingt, er hält einen Moment ein und sieht auf das Laken, doch dann blickt er sie wieder an und streicht über ihr CS-Tattoo am Knöchel.

»Erinnerst du dich noch, vor der Hütte im Wald? Wo du mich angeschrien hast, ob du dich jetzt entscheiden sollst zwischen den Los Puentes und den Cinco Sombras und ich meinte, dass das nicht geht. Im Grunde hast du uns damals schon die einzige Lösung gesagt, die es gibt für uns und ich werde alles dafür tun, damit es funktioniert.«

Belinda ringt nach Luft, als sie begreift, wovon Vidal da redet. »Du möchtest, dass ich mich zwischen dir und meiner Familie entscheide?« Vidal greift nach ihrer Wange und streicht darüber. »Es ist die einzige Lösung, die funktionieren könnte, Belinda. Ich weiß, dass das viel verlangt ist, doch wenn du wirklich darüber nachdenkst, wirst du merken, dass es sonst keine Wahl für uns gibt.«

Belinda versucht ihre Gedanken zu ordnen. »Und du denkst, meine Brüder und mein Vater lassen das einfach so zu? Oder ich lass es dann zu, dass du Alejandro etwas antust? Ich habe meine Familie gerade erst gefunden, wie soll ich sie jetzt wieder verlassen?«

Er erhebt sich so, dass er sie in seine Arme ziehen kann, Belinda hat selbst nicht gespürt, wie sie angefangen hat zu zittern. »Das müssen sie, Belinda, es ist deine freie Entscheidung, wie du es selbst gesagt hast, du bist ohne diesen Hass groß geworden. Du hättest auch schon längst wieder in Portland sein können, und du hast zuerst uns alle getroffen und keiner von uns hat geplant, dass es so kommt.«

Belinda schmiegt sich an ihn. »Natürlich nicht, Vidal, aber von mir zu verlangen, dass ich meine Familie verlasse oder mich entscheide ...« Vidal küsst ihre Wangen. »Bei Gott, wenn ich eine andere Lösung wüsste, würde ich dich nicht darum bitten. Lass dir Zeit, du musst das nicht sofort entscheiden, doch wenn du darüber nachdenkst, wirst du erkennen, dass es keine andere Lösung geben wird, nicht auf Dauer, und ich möchte das zwischen uns wirklich, du kannst bei mir leben und wir müssen das zwischen uns nicht mehr verstecken.«

Vidal küsst sie und als sie ihn zurück küsst, ist Belinda es, die den Kuss sofort so intensiv werden lässt, das ihr Herz zu zerreißen droht. Sie hat ihre Familie gerade erst gefunden und sie schon tief in ihr Herz geschlossen und möchte nicht auf sie verzichten. Gleichzeitig spürt sie mit jeder Faser ihres Körpers, dass sie auch auf Vidal nicht mehr verzichten möchte. Aber irgendetwas in ihr sagt ihr auch, dass Vidal nicht unrecht hat mit der Vermutung, dass es nicht so einfach eine andere Lösung geben wird.

»Seit wann hast du das Armband?« Belinda schreckt auf, als sie einige Stunden später mit April und Alena an Santos und Alejandro vorbei in Richtung Pool gehen möchten. Die Sonne geht bald unter, doch sie wollen davor noch etwas schwimmen gehen. Belinda ist mit ihren Gedanken noch bei der Zeit mit Vidal, sie wird die nächste Zeit keinen Zopf tragen können, da er ihren Nacken quasi markiert hat.

Sie waren viel zu lange zusammen, aber weder April noch Alena haben etwas gesagt. Belindas Magen zieht sich allein beim Gedanken daran, dass sie vielleicht wirklich auf etwas, was sie liebt, verzichten muss, so heftig zusammen, dass ihr schon jetzt die Tränen kommen. Ihre Familie oder Vidal, sie will diese Entscheidung nicht treffen müssen.

»Ähmm, ich ...«

Alena legt den Arm um Belinda und zieht sie weiter. »Ich habe ihr das heute gekauft oder möchtest du etwa nicht, dass wir unsere schützenden Hände über sie legen?« Santos lacht. »Vor allem deine, du musst sie doch ständig wieder runternehmen, um deine Nägel neu machen zu lassen.« Alena zeigt ihm, was sie von seinem Kommentar hält und Belinda und April lachen. Als sie den Garten betreten, atmet April tief ein. »Jetzt eine Abkühlung ist genau das Richtige.«

Belinda weiß, dass sie Alena auf andere Gedanken bringen möchte, doch sie kennt auch ihre Cousine mittlerweile ziemlich gut. »Nichts da, weißt du, was das für ein Armband ist, Belinda? Das schenkt man nur Personen, die man sehr liebt und sehr schätzt. Diese Zeichen bedeuten, dass wer auch immer dir das geschenkt hat, dass du jetzt ... zu ihm gehörst und unter seinem Schutz bist. Es ist unglaubwürdig, dass sich das Frauen untereinander schenken, aber gut, meine Cousins halten mich eh für verrückt. Allerdings bin ich klar genug im Kopf, endlich erfahren zu wollen, wer es so verdammt ernst mit dir meint.«

Kapitel 14

April ist etwas unsicher, als sie vor die Haustür des Hauses tritt, in dem sie gerade bei Belinda lebt. Sie haben es sich oben in Belindas Appartement gemütlich gemacht, Belinda hat ihr von Vidal erzählt und sie haben sich über die Meinung von Alena unterhalten, die nun auch von der gefährlichen heimlichen Beziehung der beiden weiß.

April liebt Belinda und sie spürt, dass auch Alena Belinda schon tief in ihr Herz geschlossen hat, sie hat schon einiges verstanden, doch noch nicht genug, um ganz nachvollziehen zu können, was mit Vidal ist. Für sie hört es sich so an, als wäre er genauso in Belinda verliebt wie sie in ihn, trotzdem findet sie, dass er sie nicht vor solch eine Wahl stellen darf.

Als Alena das alles erfahren hat, war sie wirklich sprachlos, sie selbst kennt Vidal nicht persönlich, nur vom Hörensagen, doch natürlich mag sie ihn nicht und ist absolut gegen diese Liebesaffäre, doch sie versteht natürlich auch, dass Belinda ihn kennengelernt hat, bevor sie überhaupt irgendetwas über ihren Vater wusste.

Nachdem sie Belinda erklärt hat, wie gefährlich das ist, hat Belindas Cousine auch zugegeben, dass Vidal recht hat. Belinda muss sich entscheiden, es wird keine andere Lösung geben, sie riskieren zu viel und Vidal wird es auf Dauer nicht akzeptieren, dass sie bei den Sombras lebt, genau wie keiner ihrer Brüder, ihr Vater oder ihre Cousins erlauben werden, dass sie mit Vidal zusammen ist.

Allerdings hat Alena auch die Frage aufgeworfen, ob Vidal es überhaupt ernst meint, oder ob er sich so nur an den Cinco Sombras rächen möchte, und nun ist Belinda vollkommen überfordert und fertig.

Sie haben noch lange über alles geredet, doch sehr viel helfen kann April ihrer besten Freundin leider nicht, da sie dafür zu wenig von all dem hier versteht.

Belinda ist eingeschlafen. April ist noch viel zu aufgewühlt, um schlafen zu können, sie wollte in den vielen Katalogen herumblättern, die sie heute aus den verschiedenen Boutiquen mitgenommen hat, um neue Ware für ihren Laden zu bestellen. Es wird unglaublich gut ankommen, wenn sie diese Klamotten von hier in Portland anbieten kann, doch sie muss die Kataloge in dem BMW gelassen haben, mit dem sie vorhin unterwegs waren, deswegen hat sie sich noch einmal aus dem Haus geschlichen.

Es ist nach zehn Uhr am Abend, doch genau jetzt ist es sehr angenehm hier draußen. April trägt nur ein leichtes hellblaues Sommerkleid, und da sie sich nach dem Baden die Haare nicht geglättet hat, sind jetzt ihre echten Naturlocken wild um sie herum verteilt. Sie geht direkt zu den Garagen und genießt die laue Sommerluft.

April streift sich die Flip-Flops von Belinda, die sie schnell übergezogen hat, von den Füßen und läuft über den grünen Rasen, der hier angelegt wurde. Puerto Rico gefällt ihr, es gibt hier viele hübsche Menschen, es ist warm und somit hat man automatisch gleich bessere Laune.

Sie hat Belinda so wie jetzt noch nie erlebt, sie ist glücklich, auch wenn ihr die Sache mit Vidal, mit Adrian und generell all die komischen Dinge, die hier passiert zu sein scheinen, nicht gefallen, doch trotzdem strahlt sie eine Zufriedenheit aus, die April so an ihr nicht kennt.

Wenn sie mit ihrer Familie zusammen ist, wirkt sie unendlich glücklich, wenn ihr Vater mit ihr spricht oder einer ihrer Brüder den Arm um sie legt, sieht man, wie gut es Belinda tut, sie gefunden zu haben. Als sie von dem Treffen mit Vidal kam, war Belinda zwar etwas besorgt, doch ihre Augen strahlten, und wenn sie von ihm erzählt, spürt selbst April ihr viel zu schnell klopfendes Herz.

Sie ist jetzt einige Tage in Puerto Rico, und auch wenn sie sich wohl fühlt, merkt sie doch, dass es einiges gibt, woran sie sich nicht so einfach gewöhnen kann. Die Sprache, April hatte seit der ersten Klasse immer als Zweitsprache Spanisch, sie spricht sehr gutes Schulspanisch, doch wenn sie jetzt hier mit am Tisch sitzt, muss sie sich wirklich anstrengen, um alles zu verstehen, und wenn sie spanisch spricht, muss sie manchmal zweimal darüber nachdenken, wie sie das jetzt am besten übersetzt. Sie kommt zurecht, doch wenn sie dagegen Belinda sieht, die perfekt mit allen hier kommunizieren kann, wünschte sie, sie hätte mehr aufgepasst und nicht immer nur den Spanischlehrer angehimmelt.

Dann gibt es noch die Waffen, ja auch Belinda sagt, sie kann sich daran nicht gewöhnen, doch April hat das Gefühl, dass sie schon damit lebt, sie achtet kaum noch drauf, während April jedes Mal zusammenzuckt, wenn sie eine entdeckt. Vielleicht ist es so, vielleicht lernt man mit allem zu leben, April kann sich das nicht vorstellen, doch es muss ja irgendetwas dran sein.

Sie steht plötzlich etwas unschlüssig vor den vielen Garagen, in welcher hatten sie noch einmal geparkt? Ihr wird nichts anderes übrigbleiben, als in allen nachzusehen. Als sie sich gerade die Flip-Flops wieder überziehen möchte, öffnet sich die Tür zu einer Garage und Alejandro und Roman kommen heraus, beide haben den Arm um eine Frau gelegt.

Alejandro, April hat oft an ihn gedacht, seitdem er in Portland war, nun wo sie hier ist, ist das nicht besser geworden, doch sie hat auch gemerkt, dass Belindas ältester Bruder eine hohe Mauer um sich gebaut hat, sie sieht zwar, dass er, wenn es um Belinda geht, sehr weich wird, doch Belinda hat ihr erzählt, dass es sehr schwer war, an ihn heranzukommen.

Die letzten Tage haben sie ein wenig miteinander gesprochen und er war öfter bei Belinda und ihr, doch wirklich mehr von ihm hat April nicht erfahren können, nur dass, wie sie auch jetzt unschwer erkennen kann, er ein sehr hübscher Mann ist, der an jedem Finger zehn Frauen haben kann.

»April, was tust du hier?« Alejandro nimmt den Arm von der Frau und sieht sie von oben bis unten an, an ihren nackten Füßen bleibt er hängen. »Ich habe etwas im Auto von Belinda gelassen und wollte das schnell holen. Wisst ihr, wo genau sie immer parkt?«

April zieht sich die Flip-Flops an, Roman ist mit dem Hals der Frau neben ihm beschäftigt, doch zeigt nach hinten.

»Belinda parkt immer in der ersten Garage.« Die Frau neben Alejandro sieht sie böse an und auch April weiß nicht so genau, wieso Alejandro den Arm von ihr genommen hat, Roman stört das doch auch überhaupt nicht.

»Ist das deine Freundin?« April sieht Alejandro einfach direkt in die Augen und fragt nach. »Nein, ich habe keine Freundin. Ich bringe dich zum Auto, du weißt sicher nicht, wo die Schlüssel sind. Geht schon mal vor, ich komme gleich nach.«

Eigentlich weiß April, wo die Schüssel sind, doch Alejandro handelt einfach, er erteilt allen Anweisungen, und als Roman und die zwei Frauen gegangen sind, deutet er April, ihm zu folgen.

Der Mann ist es gewohnt, Befehle zu erteilen, April lächelt ein wenig, als sie ihm folgt, er ist ein undurchschaubarer Kerl, doch irgendwie macht sie genau das so neugierig. »Habt ihr die beiden gerade erst kennengelernt?« Sie holt auf und läuft neben Alejandro zu der ersten Garage. »Die Frau, die mit mir hier ist, Roman kennt seine schon etwas länger.«

April war schon immer neugierig. »Und was macht ihr jetzt mit ihnen hier?« Alejandro stoppt, sieht sie an, schüttelt leicht den Kopf und geht weiter. »Kann es sein, dass du sehr neugierig bist?« April lässt sich dadurch nicht beirren. »Ich versuche, die Menschen um mich herum einfach nur einschätzen zu können.« Alejandro öffnet die Tür zur Garage.

»In meinem Haus findet eine kleine ... Feier statt, wir haben das früher immer regelmäßig gemacht, Adrian mein Cousin hat diese Feiern geliebt und ihm zu Ehren wollten wir das heute wiederholen.« Sie gehen zum BMW, Alejandro holt den Schlüssel und lässt das Auto öffnen. »Das ist eine schöne Idee.«

Sie steckt ihren Kopf zu den hinteren Sitzen ins Auto und greift nach den Katalogen. »Und dann werde ich sicherlich auch noch meinen Spaß mit der Kleinen haben.«

Alejandro sagt das so kalt und unerwartet, dass April im Reflex ihren Kopf hebt, um sich umzudrehen, doch vergessen hat, wo sie ist und sich den Kopf am Autodach stößt. Verdammt, sie atmet tief ein, schnappt sich die Kataloge und zieht sich aus dem Auto zurück. »Alles in Ordnung?« Alejandro hat ein fieses Grinsen im Gesicht, auch wenn es ihn gleich noch besser aussehen lässt.

»Ja, alles in bester Ordnung.« April reibt sich die Stelle am Kopf und Alejandro tritt vor zu ihr. Als er genau vor ihr ist, kann April seinen Duft ausmachen. Er riecht nach einem Parfüm, April kennt es und doch hat es noch einen ganz eigenen Unterton, würzig und frisch.

Sie sieht auf die Waffe, die sie ein wenig in seinem Hosenbund erkennt, als er sich ihren Kopf ansieht, was für ihn nicht schwer ist, da er sie eh um mehr als einen Kopf überragt. »Das wird eine Beule.« April will auch dahin fassen, doch Alejandro hält ihre Hand fest. »Du solltest es kühlen.« Er lässt ihre Hand los und geht so weit zurück, dass er ihr in die Augen sehen kann. »Was ist eigentlich mit deinen Haaren, die waren doch vorhin noch glatt?«

Alejandro hat schöne Augen, er ist ein hübscher Mann. Als er sie von so Nahem aus seinen dunklen Augen ganz genau betrachtet, verwirrt er sie und das weiß er auch. »Das sind meine Naturlocken, ich glätte sie aber fast immer.« Alejandro lässt mit einem Piepen das Auto schließen und bewegt sich wieder in Richtung Ausgang. »Das solltest du lassen, die Locken stehen dir viel besser.«

April atmet zweimal tief ein, sie weiß nicht einmal, ob sie Alejandro mag oder ihn einfach nur furchtbar überheblich und arrogant finden soll. Sie verlässt die Garage ebenfalls, zieht sich die Flip-Flops wieder aus und läuft auf dem Gras zurück, während Alejandro auf dem Gehweg läuft und sie ansieht.

»Kein Einschätzen mehr?« Es ist zwar schon dunkel, doch durch die Laternen erkennt April, dass sie Alejandro belustigt und das findet sie gar nicht witzig. »Ich glaube, ich habe schon genug gehört, um mir ein Bild machen zu können.«

Alejandro deutet auf ihre Beine, als sie weiter ins Gras geht. »Und wie sieht dein Bild von mir aus? Du solltest übrigens nicht im Gras laufen, die Männer halten es hier nicht so mit der Sauberkeit und …«

Ein stechender Schmerz lässt April leise aufschrecken und ihren Fuß hochnehmen. »… und du könntest in eine Glasscherbe treten.« Alejandro ist schnell bei ihr und stützt sie, ihr Fuß blutet und in der Wunde ist eine größere Glasscherbe. »Danke für die Warnung! Irgendwie scheine ich mich in deiner Gegenwart nur zu verletzen.«

Alejandro stützt sie, gleichzeitig zieht er die Scherbe aus der Wunde und bringt sie auf den Gehweg. April blutet ganz schön und versucht nicht aufzutreten, deswegen stützt sie sich weiter bei Alejandro ab. »Ich rette dich, so kann man das auch sehen. Ich reinige dir das und tue dir etwas rauf, damit sich die Wunde nicht entzündet.«

Ohne sie zu fragen, ob sie das überhaupt möchte, bringt er April in sein Haus, allerdings wäre das Haus von Belinda und ihrem Vater noch ein Stück weiter und April ist froh, als er sie gleich eine Treppe hoch in ein großes Bad bringt. Alejandros Haus ist ähnlich wie das von Belindas Vater, nur wirkt alles etwas teurer, sie hat Blutflecken auf dem Boden hinterlassen, doch da der aus weißem Marmor ist, wird das nicht viel ausmachen, man kann es leicht aufwischen.

April setzt sich neben das Waschbecken und Alejandro fummelt in einem Arzneischrank herum, während sie ihren Fuß unter warmes Wasser hält und den ersten Schmutz abwäscht. Die Wunde schmerzt, deswegen hat April auch nur nebenbei mitbekommen, wie unten einige Leute waren, sie wird später genau darauf achten, auch auf das Schlafzimmer, das sie durchquert haben.

»Zeig mal her.« Plötzlich ist nicht mehr so viel von dem kalten, unnahbaren Alejandro übrig. Er zieht sich einen Stuhl heran und nimmt ihren Fuß in ein weiches weißes Frottierhandtuch. »Nicht, du saust das ganze Handtuch ein.« Alejandro lächelt und trocknet ihren Fuß ab.

Während er sich die Wunde ansieht, beobachtet April ihn, er hat einen leichten Dreitagebart, seine dunklen Wimpern liegen auf seinen Wangen, seine Hand ist groß, er ist dunkel, doch April ist noch ein klein wenig dunkler, seine Haut wirkt auch eher goldfarben.

April zischt auf und wird aus ihren Gedanken gerissen, als er die Wunde mit einem Spray einsprüht. »Ich weiß, das brennt, aber das Zeug wirkt Wunder.« Das hilft April jetzt auch nicht, sie schließt ihre Augen, während der Schmerz nur sehr langsam nachlässt, in der Zeit macht Alejandro ihr einen Verband.

Am Ende hält er ihren Fuß für einen Moment in der Hand und lächelt. »Wie kann man so kleine Füße haben?« Auch April muss lächeln, jetzt tut es schon gar nicht mehr so sehr weh. »Danke.«

Alejandro hilft ihr von der Anrichte herunter und zusammen gehen sie die Treppen hinunter. Leider war das Schlafzimmer dunkel, doch Alejandros Duft hängt in dem Raum und sie konnte erkennen, dass es riesig ist und den Mittelpunkt ein großes rundes Bett bildet. Vom Flur gehen noch einige Türen ab, aber nicht so viele wie im Haus des Vaters. Überall hängen Bilder von Alejandro, seinen Brüdern und anderen Männern.

Als sie unten sind, deutet Alejandro auf die Küche, in der gerade zwei Männer Getränke holen. »Willst du noch etwas trinken?« April sollte gehen und sich langsam schlafen legen, ihr Kopf dröhnt und ihr Fuß schmerzt. Sie sieht, wie die Frau, mit der Alejandro gekommen ist, in dem hell eingerichteten Wohnzimmer neben der Küche steht und sie wütend betrachtet.

Alle Frauen hier sind zurechtgemacht, während April nicht einmal geschminkt ist, doch wie gesagt, sie ist ein neugieriger Mensch, deswegen nickt sie und lässt sich von Alejandro einen Cocktail geben, der schon zurechtgemacht im Kühlschrank stand, er selbst nimmt sich ein Bier und sie gehen in den Garten.

Zwar muss April nicht mehr gestützt werden, doch sie kann trotzdem nicht richtig auftreten. Sie versucht, sich einen Überblick zu verschaffen, auf der Couch sitzt Roman mit der einen Frau und man erkennt, dass die beiden nicht mehr lange brauchen und sie verlassen die Feier.

Draußen wird Musik gespielt, es gibt einen großen beleuchteten Pool, in dem einige Männer und viele Frauen sind, einige Leute tanzen auch. April erkennt Ponce, alle amüsieren sich, doch es geht ziemlich heiß zu, es ist klar, dass diese Party keine normale Party ist.

April legt sich auf eine Liege und nippt an ihrem Cocktail, der lecker nach Erdbeeren schmeckt. »Das ist also eure Andenkenparty für Adrian? Wäre es nicht besser ... ihr würdet dafür in die Kirche gehen oder so etwas?« Alejandro lacht leise und legt sich auf die Liege neben sie. »Das sagst du, weil du Adrian nicht kanntest, er hat diese Partys geliebt, und ich bin mir sicher, dass er gerade bei uns ist und irgendwo hier herumtanzt.«

April lächelt und sieht zu ihm. »Es tut mir leid, was mit eurem Cousin passiert ist, ich hoffe, ihr findet bald den Schuldigen.« Alejandro nimmt einen Schluck und sieht auf die Leute. »So läuft das nur sehr selten, doch wir haben eine Ahnung und werden uns darum kümmern. Das wird böse Konsequenzen haben. Wir haben uns viel zu lange an Regeln gehalten, wir hätten früher handeln müssen.«

Auch wenn April noch nicht sehr viel weiß, spürt sie, dass Alejandro von den Los Puentes spricht, ihr Herz schlägt schneller, wenn die Cinco Sombras in Erwägung zieht, die Los Puentes anzugreifen, will sie sich gar nicht vorstellen, wie dieser Krieg enden könnte, sie würde gerne darüber nachdenken, doch Alejandro fragt sie ein wenig über ihr Leben in Portland aus.

Sie erzählt ihm, dass sie ihren Vater nicht kennt und ihre Mutter immer an die falschen Kerle gerät. Ihr neuer Freund ist ein Arschloch, und deswegen lebt ihr jüngerer Bruder zur Zeit bei April.

Sie bleiben eine Weile dort zusammen liegen, sie beachten alles um sie herum gar nicht, wieder entdeckt sie eine neue Seite an Alejandro, wenn er möchte, kann man sich wunderbar mit ihm unterhalten. Er entlockt April sogar, dass sie wegen ihrer Mutter und ihrer bisherigen Erfahrungen nicht daran glaubt, dass Beziehungen auf Dauer funktionieren. Alejandro glaubt auch nicht daran.

April fühlt sich wohl, doch als einige Frauen irgendwann oben ohne an ihr vorbeilaufen und der Cocktail ihr den Rest gegeben hat, steht sie auf und will sich von Alejandro verabschieden, der besteht aber darauf, sie noch hinüber zu begleiten.

»Und wie ist das jetzt mit dem ersten Eindruck, den ich bei dir hinterlassen habe?« Alejandro öffnet ihr die Tür zu seines Vaters Haus, April dreht sich noch einmal zu ihm um, er steht nah bei ihr und sieht ihr in die Augen. April lächelt. »Ich schätze, du hast zu viele verschiedene Facetten, um das so schnell sagen zu können.« Alejandro nickt. »Garantiert!«

Sie wird ernst. »Aber ich habe auf jeden Fall gemerkt, dass du heute wegen mir ein schnelles Abenteuer hast sausen lassen.« Sie sieht, wie sich Alejandros Gesichtsausdruck ändert, fast als hätte man ihn bei etwas Verbotenem erwischt. »Gute Nacht, Alejandro!« April dreht sich um und geht, sie muss lächeln, als sie ihm den Rücken zugedreht hat und es dauert einen kleinen Augenblick, bis sie ihn auch noch einmal leise hört.

»Gute Nacht, April!«

Kapitel 15

»Das ist doch nicht wirklich euer Ernst, oder?« Belinda lacht und dreht sich zu Alena um, die hinter ihr die enge Leiter auf die Dächer der Lagerhallen des Hafens hochkommt. April ist die letzte, sie hat sich am Fuß verletzt und läuft etwas langsamer.

Als Belinda oben ankommt, sieht sie schon in einer schattigen Ecke mit vielen Schornsteinen Camilla und Suela sitzen. Alena rümpft einen Augenblick die Nase, doch Belinda hat sie genug eingewiesen, sich zu benehmen und ihr erklärt, wie wichtig das alles ist.

Sie begrüßen sich, Suela scheint weniger Probleme mit Alena zu haben, doch all das ist unwichtig, sie haben nicht viel Zeit und müssen sich austauschen, dringend. Dieses Treffen ist sehr gewagt, doch sie haben keine andere Wahl, deswegen kommen sie auch gleich zum Punkt.

Belinda beginnt. »Ich habe nicht sehr viel herausfinden können, mein Vater blockt sofort ab, wenn es um die verstoßenen Kinder geht. Er sagt, dass sich damals sein Vater darum gekümmert hat, sie hatten andere Sachen zu tun und soviel er weiß, sind die meisten dieser Kinder gestorben oder auf eine Insel gebracht worden.

Ob sie getötet wurden, konnte er nicht sagen, auch nicht, auf welche Insel sie gekommen sind. Meine Brüder reden auch nicht gerne darüber, aber ich denke ... April hat durch Zufall mitbekommen, dass ...«

Belinda sieht zu Suela und Camilla, sie hofft, dass sie jetzt nicht Falsches sagt und eine Katastrophe auslöst. »Meine Brüder haben offenbar vor, die Los Puentes anzugreifen, oder verdächtigen sie zumindest für alles verantwortlich zu sein. Sie sind sehr in Trauer und denken vielleicht zu emotional, deswegen müssen wir das unbedingt verhindern.

Ich weiß nicht, ob wir auf der richtigen Spur sind, aber es scheint, als wären diese Kinder die einzige Verbindung beider Familias, ansonsten fällt mir auch nichts dazu ein.«

Suela räuspert sich. »Es ist die einzige Verbindung, ich habe mich schon sehr lange mit alldem beschäftigt. Meine Mutter leidet bis heute darunter, was damals passiert ist, und ich will auch unbedingt erfahren, was mit diesen Kindern ist, vielleicht finde ich so auch meine Mutter wieder, kann sie mehr erreichen, sie wieder ein Stück mehr heilen.

Ich habe bisher nur den Namen der Nonne herausbekommen, der die Kinder übergeben wurden, eine Schwester Novida, ob die aber heute noch lebt, ist fraglich. Meine Mutter erinnert sich immer nur daran, wie ihr das kleine Baby aus den Armen gerissen wurde. Deswegen weiß sie auch kaum etwas, sonst ist es wie bei euch, alle machen dicht, sobald es um dieses Thema geht. Allerdings habe ich auch mitbekommen, dass Vidal und Elian etwas gegen die Cinco Sombras planen, deswegen müssen wir, wenn wir etwas tun möchten, schnell handeln.«

Belinda sieht zu Alena, die bisher noch keine Regung gezeigt hat, sie darf jetzt nicht darüber nachdenken, es gibt Wichtigeres. Alena sieht nun hoch. »Ich bin auch kein Freund der Los Puentes, aber alles ist besser, als noch einmal so einen Krieg heraufzubeschwören. Ich bin mir ziemlich sicher, dass wir Antworten bekommen können, ob die Antwort darauf, was in letzter Zeit passiert ist, weiß ich nicht, aber Antworten, die allen Familien guttun werden.«

Sie sieht alle ernst an, dann lächelt sie. »Zum Glück habt ihr ja mich, nicht wahr? Meine Mutter musste ihr Baby auch abgeben, ich konnte sie einfach nicht dazu befragen, allerdings weiß ich, wo einige Familienunterlagen aufbewahrt wurden. Da habe ich nachgesehen und das gefunden, das war es aber auch, was noch übrig ist von diesem Deal.«

Belinda wusste selbst nichts davon und sieht auf die alten Papiere, die Alena aus der Tasche holt. Eines ist ein alter Scheck mit einer gigantischen Summe, ausgestellt auf den Namen Lora Novida. »Die haben sich das was kosten lassen, die Kinder loszuwerden.« Dazu eine Karte einer Fährverbindung zwischen Fajardo und Culebra, auf der hinten eine Nummer notiert ist. »Das muss es sein, das ist die Insel, wo das Kloster ist.«

Alena nickt. »Diese Insel ist Privateigentum, deswegen gibt es diese Fährverbindungen gar nicht mehr. Ich habe das nachgeprüft, natürlich funktioniert die Nummer nicht mehr, aber die Kinder sind mit allerhöchster Wahrscheinlichkeit auf diese Insel gebracht worden, laut Internet gehört diese Insel einer Kirchengemeinde, von daher würde das mit dem Kloster passen.«

Belinda nickt. »Wir müssen schnell handeln, statt in das riesige Wellnesshotel im Süden zu fahren, sollten wir die Zeit nutzen und auf diese Insel fahren, um Antworten zu bekommen.« Belinda hat für Camilla, April, Alena und sich zwei Wellnesstage gebucht mit einer Übernachtung, alle wissen schon Bescheid. »So können wir alle für zwei Tage wegbleiben, ohne dass es jemand merkt. »Was ist mir dir, Suela?«

Die hübsche Schwester von Dante zuckt die Schultern. »Ich erzähle, dass ich bei einem Kinderprojekt, wo ich aushelfe, mit zum Camping mitfahre. Für mich ist es kein Problem. Ich werde mich um ein Boot kümmern, dass uns von hier nach Culebra bringt. Wir müssen früh los, wenn die Sonne aufgegangen ist, können wir leicht hier am Hafen entdeckt werden.« Das müssten sie hinbekommen. »Wir müssen eh sagen, dass wir früh losmüssen, um rechtzeitig im Wellnesshotel anzukommen. Wir kriegen das hin.«

Einen Moment ist es ruhig und sie sehen sich alle an. »Das kann gefährlich werden, wir wissen nicht, was uns auf dieser Insel erwartet und niemand weiß dann, wo wir sind.« Camilla reibt sich die Stirn, April sagt nichts, aber Belinda weiß, dass sie mitkommen wird. »Wir haben keine Garantie, dass wir Antworten bekommen, oder dass wir irgendetwas verhindern können, doch wenn es eine Chance gibt, diesen Krieg nicht erneut ausbrechen zu lassen, müssen wir es probieren.«

Belinda, Alena, Camilla und April verabschieden sich von Suela, Camilla und sie müssen ins Café, April bleibt bei ihnen, während Alena noch einmal auf den Friedhof fährt zum Grab von Adrian. Natürlich weiß Belinda, dass sie auch gleichzeitig B wiedersehen möchte, der jetzt schon länger nicht mehr da war.

Sie sind nur zwei Stunden im Café, da tauchen plötzlich Suerte und Alejandro auf. Natürlich hat Belinda schon längst gemerkt, dass ihr Bruder nach dem Abend, als April sich verletzt hat und von dem April ihr ausführlich erzählt hat, ein wenig die Nähe von ihr sucht, doch sie stört es nicht, im Gegenteil. Sie fühlt sich immer wohler, wenn sie mit ihrer Familie Zeit verbringen kann.

Die beiden setzen sich zu April und erklären, dass sie zum Strand wollen und ob sie sie nicht begleiten möchten.

Aprils Augen beginnen sofort zu strahlen, und da heute das Café eh nur bis zur Mittagspause aufhat, da Pablo später zur Nachuntersuchung ins Krankenhaus muss, stimmen beide zu. Belinda fragt, ob sie nicht mit dem Schiff Delfine füttern können und Camilla und sie werfen sich einen wissenden Blick zu.

Sie wird den Nachmittag, den sie zusammen mit Dante und Vidal verbracht haben nie vergessen und es wäre schön, wenn April das auch erleben könnte. Alejandro und Suerte haben damit kein Problem. Sie wollen extra noch am Hafen Fisch besorgen und April begleitet sie und packt schon für Belinda und sie alle Sachen zusammen.

Belinda selbst muss noch eine Stunde hier helfen. Weil wenig los ist, zieht sie sich nach oben auf den Dachboden zurück, der gerade umgebaut werden soll. Er ist groß genug, um auch oben eine Sitzfläche anbieten zu können, vielleicht für Besprechungen oder so etwas, und gerade wechseln sie sich alle ab, um es neben dem normalen Betrieb herzurichten.

Belinda nimmt sich das Putzzeug zum Fensterputzen und geht nach oben. Sie kann diese Ruhe momentan gut gebrauchen. So vieles geht ihr durch den Kopf, ihre Pläne, die verstoßenen Kinder zu finden, ebenfalls, dass beide Familias offenbar planen, die jeweils andere anzugreifen und vor allem denkt sie an Vidal.

Belinda hätte damit gerechnet, dass Alena sauer ist, wenn sie von Vidal und ihr erfährt, doch das war sie gar nicht. Sie versteht es insoweit, als dass alles halt schon angefangen hat, bevor Belinda wusste, zu welcher Familie sie gehört.

Auch wenn Belinda nicht beschwören könnte, dass es sonst nicht passiert wäre, doch auch Alena sagt ganz klar, dass Belinda um eine Entscheidung nicht drumherum kommen wird. Und sie hat eine Frage aufgewirbelt. Wie sicher ist sich Belinda, dass Vidal es ernst mit ihr meint und dass er das alles nicht nur macht, um ihrer Familia eins auszuwischen?

Natürlich würde es ihren Vater und sicher auch die Brüder treffen, wenn Belinda plötzlich den Kontakt abbrechen und zu Vidal ziehen würde, doch es ist noch gar nicht gesagt, dass es so weit kommt, zudem kann sich Belinda nicht vorstellen, dass Vidal so berechnend ist. Auch Camilla und April glauben das nicht, wissen tut es am Ende aber niemand mit hundertprozentiger Gewissheit.

Immer wieder denkt Belinda über alles nach, dabei fummelt sie ständig an dem Armband, das er ihr geschenkt hat herum. Sie hat es seitdem nicht mehr abgelegt. Sie denkt an ihr Kennenlernen, an ihre erste gemeinsame Nacht, in der nichts passiert ist, an ihre Zeit und ihr Versprechen im Auto und wie sehr sich alles verändert hatte, nachdem er erfahren hat, wer Belindas Familie ist.

An ihr Aufeinandertreffen in der Hütte, wie er sie mit der Frau provozieren wollte, in der Kirche, wie er trotz allem immer wieder auf sie zugekommen ist, ihre heimlichen Treffen in den Hotels, wie liebevoll er zu ihr ist, als wäre sie sein größter Schatz, auch die letzten Tage nach ihrem Treffen haben sie zweimal telefoniert, sich jeden Tag geschrieben … kann das alles gespielt sein? Belinda kann sich das nicht vorstellen, doch natürlich kann sie sich die harte Gewalt, die sich beide Familias antun, eh nicht erklären.

Camilla hat ihr vorhin erzählt, dass gestern Abend Dante und Elian mit dieser Paola und noch einer Frau in die Cuidad gekommen sind. Sie war sehr erleichtert, als Dante gleich zu ihr kam, auch wenn sie mehr als glücklich ist, macht sie sich immer noch Gedanken, ob Dante diese Beziehung ohne Sex auf Dauer auch aushält, selbst wenn sie sich nahekommen, ist es nicht das gleiche.

Umso erleichterter war sie, dass Dante von allein zu ihr gekommen war, keine Frau weiß den Mann, den sie liebt, gern in der Nähe dieser Frau. Doch Paola, Elian und die andere Frau sind bei Vidal im Haus verschwunden. Als Camilla gefragt hat wozu, hat Dante nur gesagt, es sei geschäftlich, doch Belinda hat sich bei der Neuigkeit alles im Magen umgedreht. Was soll sie noch glauben? Sie spürt immer mehr, wie all das zu viel für sie wird.

Vidal hat ihr den ganzen Tag schon geschrieben, doch Belinda reagiert nicht, als sie jetzt aber über all diese Dinge erneut zu grübeln beginnt, hört sie schwere Schritte die Stufen hinaufkommen und keine Sekunde später steht Vidal in der Tür. »Warum antwortest du mir nicht?« Er schließt die Tür hinter sich, Belinda ist etwas überrumpelt und legt das Putzzeug aus der Hand.

Wie kann sie, nachdem sie sich so unsicher ist, noch so sehr auf seinen Anblick reagieren, am liebsten würde sie ihm direkt in die Arme fallen, naiver als sie es momentan ist, geht es ja wohl gar nicht.

Vidal trägt eine schwarze Shorts und ein graues, weites Shirt mit V-Ausschnitt, bei dem man das Kreuz auf seiner Brust genau erkennt. Sie hat ihn schon in diesen paar Tagen wie wahnsinnig vermisst, Belinda hat das Gefühl, in einem Strudel zu stecken, aus dem sie nicht herauskommt.

»Okay, offenbar bist du wieder in Putzlaune und musst nachdenken, also was ist los?« Sie hat ihm noch gar nicht geantwortet, sondern starrt ihn nur an. Belinda hätte bestimmt über seine versteckte Andeutung über das letzte Mal, als sie so wütend auf ihn war, gelacht, aber jetzt dreht sie sich nur weg und greift nach dem Lappen. »Wieso sollte ich dir antworten? Das kann ja jetzt Paola übernehmen.«

Belinda weiß, dass sie sich das hätte verkneifen müssen, doch sie kann nicht, blinde dumme Eifersucht kocht bei ihr über, wenn sie daran denkt, wie er die Nacht gestern vielleicht verbracht hat. Sie hört ein leises, ungläubiges Auflachen. »Ist das dein Ernst?« Belinda reagiert nicht, und einen Augenblick später dreht Vidal sie zu sich um und sie liegt schon fast in seinen Armen.

Er sieht ihr in die Augen und schüttelt leicht den Kopf. »Weißt du, was ich allein damit riskiere, dass ich jetzt bei dir bin? Weißt du, wie oft ich die letzten Tage mit mir kämpfen musste, dich nicht einfach zu mir zu holen?

Wie kannst du da noch denken, dass ich etwas mit Paola anfange, für mich sind diese Frauen alle nichts gegen dich, du stehst da, und alles andere ist hier unten.« Er zeigt zwei sehr weit voneinander entfernte Stufen an und Belinda spürt, wie sie einknickt. »Aber wieso kommt sie dann in dein Haus?«

Vidal kommt noch näher. »Sie arbeitet für uns, sie hat hin und wieder den Auftrag, Geschäftskunden … auszuspionieren, das ist alles. Ich habe ihr gestern einen neuen Auftrag gegeben, sie ist nach zwanzig Minuten schon wieder gegangen, ich habe sie nicht einmal angefasst.«

Irgendetwas in Belinda sagt ihr, dass er die Wahrheit spricht. »Das nächste Mal frag mich einfach.« Belinda lächelt matt. »Das ist ja nicht immer so einfach.« Erleichtert legt Vidal die Hand an ihren Hinterkopf und führt ihre Lippen zusammen.

Es ist so ein Widerspruch, die Gedanken, die sie sich die ganze Zeit macht und wie sehr sie bei diesem Kuss spürt, dass sie beide sich vermisst haben. Vidal küsst sie lange und genießend. Als er fertig ist, hebt er ihre Haare und sieht auf ihrem Nacken nach seinen kleinen versteckten Malen nach und küsst sie liebevoll auf die Stirn und die Wange.

»Du hast mir gefehlt, aber dann sehen wir uns wieder und ich sehe aus wie … aus dem Bett gefallen.« Belinda sieht unglücklich an sich herunter, sie ist überhaupt nicht zurechtgemacht.

»Weißt du, wo ich angefangen habe, mich in dich zu verlieben?« Belindas Herz schlägt noch schneller und sie schmiegt sich an ihn. »Als du in unserer ersten gemeinsamen Nacht verweint in meinem Shirt in meinen Armen eingeschlafen bist. Natürlich finde ich dich zum Anbeißen, wenn du wie neulich in diesem roten Kleid vor mir bist, aber so wie du jetzt bist, gefällst du mir fast noch besser.« Belinda lacht leise und küsst dieses Mal ihn.

Als sie sich lösen, hat sie noch immer ein Lächeln im Gesicht. »Ich weiß zwar, dass du nicht ganz die Wahrheit sagst, mein Schatz, aber trotzdem danke.«

Vidal lacht leise auf. »Ich sage die Wahrheit, und wie hast du mich genannt? Deinen Schatz?« Seine Hand ist schon längst auf ihren nackten Rücken gewandert und er streicht darüber, Belinda muss sich konzentrieren, um nicht schwach zu werden, sie müssen hier vorsichtig sein. »Was wäre dir lieber, Kuschelbärchen oder Schnuckelchen?« Vidal verzieht das Gesicht. »Nein, ich denke mit mein Schatz kann ich leben.« Belinda küsst seinen Hals und vergräbt ihre Nase an ihn, sie liebt seine Nähe zu sehr.

»Mein allergrößter geheimer Schatz.«

Vidal wird ernst. »Hör mal, Belinda, ich weiß, dass es für mich nicht so leicht ist, dir Sicherheit wegen uns beiden zu vermitteln, wie es Dante zum Beispiel bei Camilla kann, aber wie du weißt, hoffe ich ja darauf, dass du dich bald entscheiden wirst …« Augenblicklich hört Belinda auf zu träumen und kommt wieder auf den Boden der Tatsachen zurück. Sie kann ihn nicht einmal fragen, ob es stimmt, dass er vorhat, ihre Familie anzugreifen, sie dürfte das ja gar nicht wissen, niemand ahnt, dass sie Suela kennt.

»... Lass uns solange das Beste daraus machen, kannst du dich am Wochenende frei machen und wir verschwinden mit einem meiner Boote? Zwei Tage nur wir beide.« Vidal küsst sie an ihrer empfindlichsten Stelle am Hals. »Ich bin doch am Wochenende mit Camilla, April und Alena im Wellnesshotel. Aber das nächste Wochenende können wir es machen, ich lasse mir etwas einfallen, und davor fliegt April auch zurück und ich … werde es schon schaffen.«

Vidal nickt und küsst sie noch einmal, Belinda wird mit ihm diese zwei Tage verbringen und sie hofft, dass sie bis dahin sich selbst soviel Antworten geholt hat, dass sie einiges klären können.

Santos setzt sich hin, er wusste es, er hat es geahnt, doch er hatte auch die Hoffnung, dass er sich täuscht. Nachdem sie Lillys Mutter ihren letzten Wunsch erfüllt haben, hat er Lilly in das Motel gebracht, wo sie untergekommen war. Er hat ihr gesagt, dass sie beide noch einmal über alles reden sollten, sich aussprechen müssen und Lilly hat ihm sogar sofort zugestimmt, ihn nur um ein paar Tage Zeit gebeten, um sich wieder etwas zu fassen und einen klaren Kopf zu bekommen.

Er wusste, dass er das nicht hätte tun sollen, doch er wollte ihr diese Zeit geben. Sie waren heute verabredet, Santos hat die letzten Tage herumgegrübelt, was er ihr sagen könnte, was er wirklich will und was er alles ändern möchte, zu welchen Schritten er bereit ist … ja, hauptsächlich hat sich alles um Lilly gedreht, doch als er jetzt ins Motel kam, um sie abzuholen, hat er schon geahnt, dass Lilly längst abgereist ist, sie hat ihm einen Brief dagelassen.

Santos setzt sich auf ein Sofa im Wartebereich und flucht leise, als er den Brief öffnet.

Santos, ich habe wirklich lange darüber nachgedacht, ob ich die Kraft für dieses Gespräch habe und mich letztlich dagegen entschieden.

Ich kann diesen Kampf, mein Herz gegen meinen Verstand, gut von einem anderen Land aus führen, doch nicht, wenn du bei mir bist. Für mich ist all das auch keine Frage, du bist und warst immer der einzige Mann für mich. Ich liebe dich mehr als alles andere, und das wird sich auch nicht ändern, aber ich kann das nicht mehr.

Ich kann nicht wieder die Lilly werden, die sich aus Liebe alles gefallen lässt und deswegen bin ich gegangen, um gar nicht erst wieder dieser Versuchung widerstehen zu müssen. Wir sollten weitermachen, wo wir aufgehört haben, bevor ich wegen meiner Mutter zurück bin. Eine Sache habe ich gelernt:

Du bist alles für mich und damit gleichzeitig auch das Einzige, was mich wirklich verletzen und zerstören kann.

Pass auf dich auf, ich liebe dich

Lilly

Santos schließt die Augen und zerknüllt den Brief.
»Verdammt, Lilly!«

Belinda sieht auf das schwarze Meer. Da sie so früh losgefahren sind, haben sie lange Zeit gar nichts gesehen. Man kann jedem deutlich ansehen, wie nervös er ist, sie alle haben nur ein paar Dinge dabei, die sie gebrauchen können und sehen zu der Insel, die langsam immer näher kommt.

Irgendwie erinnert sie all das an den Tag, an dem sie mit der Fähre nach Puerto Rico gekommen ist, genau wie auch jetzt fuhr sie damals ins absolut Ungewisse. Es ist unfassbar, was sich seitdem alles getan hat.

Langsam geht die Sonne auf. Suela hat niemanden finden können, der sich traut, sie auf die Privatinsel zu bringen, deswegen haben sie sich ein Schnellboot gemietet. Suela kann es bedienen und so haben sie auch ein Boot, um schnell von der Insel herunterzukommen, sollte irgendetwas sein.

Camilla, April und Suela sitzen zusammen, nur Belinda steht vorn und sieht auf die Insel. Alena hat diesen B wiedergesehen, und er hat sie um ein Treffen gebeten. Da sie es sonst nicht so leicht kann und immer den strengen Augen ihres Bruders und den Cousins entkommen muss, hat Belinda gesagt, sie soll diese zwei Tage dafür nutzen und den Mann besser kennenlernen.

Sie hat sich ein Zimmer in dem Motel gemietet, wo Vidal und sie das erste Mal zusammen waren, da dieser B dort auch in der Nähe wohnt, es ist ja noch neutraler Boden, wenn auch schon sehr nah an der Grenze zum Los Puentes-Gebiet. Alena hat so gestrahlt und sich gefreut, Belinda gönnt es ihr, sie selbst würde jetzt lieber woanders sein, doch sie müssen das machen.

Es ist ihre einzige Hoffnung auf Antworten und die Möglichkeit, vielleicht Schlimmeres zu verhindern.

»Seht ihr das auch?« April zeigt zum Ufer der Insel, die immer näher kommt, und als Belinda ganz genau hinsieht, erkennt auch sie, dass dort jemand steht und sie zu erwarten scheint.

Alena geht ungeduldig auf den Friedhof. Sie hat sich noch lange am Hafen aufgehalten, nachdem die anderen im Boot davon sind, bevor sie endlich losfahren konnte. Sie war im Hotel und jetzt wird sie B treffen, es ist sehr riskant für sie, nochmal zum Friedhof zu kommen, doch sie hat gut aufgepasst und es ist noch so früh, dass die Wahrscheinlichkeit, dass einer aus ihrer Familie bereits wach ist, eher gering ist.

B hat ihr den Rücken zugekehrt und blickt auf Adrians Grab. Erst als sie ganz nah bei ihm ist, wendet er sich um und Alena erschrickt im ersten Augenblick. Er sieht anders aus, plötzlich hat er eine große Narbe über der Nase, sein Blick ist wilder und irgendwie ... »Hal ...lo Alena, ich hof ... fe, ich habe dich ... nicht erschreckt.« Sie fasst sich wieder. »Nein, natürlich nicht. Mir ist deine Narbe nur noch nie aufgefallen, ich war etwas ...« B hält ihr die Hand hin, trotz der Narbe findet Alena ihn einfach nur hübsch.

»Stört dich die Na ... rbe, sie ist aus ... meiner Kind ... heit, wenn ich arbeite, verdecke ich sie, damit ich ... niemanden erschrecke.« Alena fühlt sich schlecht, als er sie jetzt so unsicher ansieht. Wie kann sie nur so oberflächlich sein.

»Nein, es ist alles gut, mich stört das gar nicht.« Er hält ihr die Hand hin. »Dann ko ... mm, ich will dich endlich zu mir nach Hau ... se bringen.«

Alena lächelt und nimmt seine Hand.

Lesen Sie weiter in …

El Puerto - Der Hafen 4   Die Schatten der Vergangenheit

El Puerto – Der Hafen 4

Die Schatten der Vergangenheit

Leseprobe :

Nun ergreift Camilla nach langer Zeit mal wieder das Wort. »Wir denken nicht, dass ihr Ärger machen könntet, wie schon erwähnt werden die Familias angegriffen, es passieren merkwürdige Dinge, Leute werden ermordet, es gehen Bomben hoch, keiner ist wirklich sicher, als hätte jemand es darauf angelegt, beide Familias zu vernichten. Deswegen suchen wir einfach nach allen möglichen Verbindungen, die beide Familias haben, und die verstoßenen Kinder sind natürlich die stärkste Verbindung von damals. Wir wussten aber nicht, wo ihr genau seid und ob überhaupt noch welche von euch hier sind.«

Nicht nur Belinda hat gemerkt, dass sich Emilia und Sofia verzweifelte Blicke zugeworfen haben, Suela fährt fort. »Wisst ihr vielleicht etwas darüber, über diese Angriffe? Es waren Bomben, mehrere Personen wurden grausam umgebracht, irgendwie war jedes Mal ein Affe dabei, der ...« Nun keucht Emilia entsetzt auf und steht schnell auf, um aus einer Truhe in einer hinteren Ecke mehrere der Affen zu ziehen, die ihnen allen eine Gänsehaut verursachen. Sie schaltet sie ein. »LA FAMILIA! LA FAMILIA!«

Camilla springt auch panisch auf. »Schalte das ab! Woher habt ihr die? Also habt ihr doch etwas damit zu tun?« Emilia ist auch so sehr blass, doch nun wirkt sie kreidebleich. »Nicht wir! Auch wir hatten dieses Böse nicht mehr im Griff. Es tut uns leid, aber das wird nicht zu stoppen sein.«

Erst als sie die Affen zurück in die Box gelegt hat, setzt sich Camilla wieder, doch nun liegen alle Nerven blank und Sofia sieht sie verzweifelt an.

»Wir alle sind vielleicht etwas Bösem entsprungen, doch bei einem unserer Brüder hat man das auch immer gemerkt. Er war schon von klein auf anders ... so aggressiv. Er hat alle Tiere getötet und uns alle regelmäßig verprügelt. Wenn uns Geschichten über unsere Familien erzählt wurden und immer wieder erklärt wurde, wieso wir nicht von der Insel durften, ist er jedes Mal ein Stück wütender geworden und hat gesagt, dass er sich für alles eines Tages rächen wird.

Je älter er wurde, umso schlimmer wurde das Leben mit ihm. Wir haben diese Affen und auch Bären für andere Kinderheime hergestellt, so haben wir etwas Geld verdienen können und angefangen, dieses Dorf aufzubauen. Davor haben wir ja alle im Kloster gelebt, doch wir wollten in diesem Dorf neue Waisenkinder aufnehmen und ihnen ein Zuhause geben, dass weder wir noch sie jemals hatten.

Unser Bruder hatte immer nur die Gedanken der Rache, er ist handwerklich sehr geschickt und kann die schönsten dieser Affen herstellen, doch oft hat er stattdessen Bomben gebaut, Sprengfallen, Waffen hergestellt, wir haben immer mehr Angst bekommen.

Vor einigen Monaten ist dann alles eskaliert, Schwester Novida hatte schon immer ein ganz besonderes Auge auf ihn, da sie ihn bereits als Baby versorgt hat, ihn hat sie damals aus dem Krankenhaus mitgenommen und sich nur wegen ihm dazu entschlossen, uns alle aufzunehmen. Die beiden hatten einen großen Streit, als sie ihn dabei erwischt hat, wie er gerade an einer neuen Bombe gebastelt hat.

Unser Bruder ist unberechenbar, er kann sich nicht gut ausdrücken, er stottert und ist geistig ein wenig zurückgeblieben, in anderen Bereichen ist er dafür aber so begabt, dass es schon an Wahnsinn erinnert. Schwester Novida hat ihn immer geschützt, gesagt, dass es daran liegt, dass seine Mutter damals starke Tabletten genommen hat. Er wusste auch, dass sich seine Mutter wegen ihm vom Krankenhausdach gestürzt hat, all das hat ihn wahnsinnig werden lassen und im Streit hat er eine ätzende Flüssigkeit in das Gesicht der Schwester geschüttet. Ihr habt sie ja heute gesehen …

Meine beiden anderen Brüder wollten ihn aufhalten, Petro hat er verletzt, unseren ältesten Bruder hat er mit einem Messer erstochen, ohne eine Sekunde zu zögern. Das war das letzte Mal, dass wir etwas von ihm gehört oder gesehen haben, Emilia hat beobachtet, wie er ins Meer gerannt ist, um von der Insel wegzukommen.

Wir wussten nicht, ob er überlebt hat, er muss sich beim Kampf mit seinen Brüdern den rechten Arm gebrochen haben, er war vollkommen ausgekugelt und er hatte von früher eine tiefe lange Narbe über der Nase gehabt, die wieder zu bluten begonnen hat, deswegen war nicht einmal sicher, ob er es ans andere Ufer schaffen würde, wir haben aber den Schutz um die Insel verstärkt, dass er nie wieder herkommen kann. Wir haben wirklich Angst vor ihm, ihm ist alles zuzutrauen, und wenn er hinter euch her ist, solltet ihr so schnell wie nur möglich das Land verlassen.«

Belinda kann kaum denken, sie weiß nicht, ob sie Angst haben soll oder erleichtert sein kann, weil sie jetzt wissen, wer hinter alldem steckt, plötzlich ergibt fast alles einen Sinn. »Benjamin ist von Grund auf böse!«

Camilla schüttelt den Kopf. »Der Gärtner, den ich dabei erwischt habe, wie er ein Mitglied der Los Puentes ermordet hat, hieß Benjamin, aber er hat einen anderen Mann umgebracht, um seine Identität zu übernehmen.« Sofia lacht bitter auf und streicht sich über die Arme. »Das passt zu ihm, er würde nie seinen Namen ändern, wahrscheinlich hat er lange gesucht, um einen anderen Benjamin zu finden.«

»Aber alle dachten, dass nur eine andere Familia so handeln kann? Woher weiß er, was er tun muss, um alle zu verwirren?« Emilia beißt sich unruhig auf die Unterlippe. »Er hat immer versucht, alles über die Familias und die Familien der Los Puentes und der Cinco Sombras zu erfahren, er war besessen davon und er wird sich auf dem Festland sicher einiges erzählt haben lassen.«

Belinda schüttelt den Kopf, der Mord bei den Los Puentes, das Paket bei ihnen, Adrians Mord, die Bombe bei Vidal, all das war ein Mann. Aber wenn sein Hass so groß ist, wird er dazu in der Lage sein, Herrgott, wie können sie diesen Benjamin stoppen und was hat er als nächstes vor?

»Habt ihr ein Bild von ihm, ich weiß ja, wie er aussieht.« Camilla ist auch ganz blass, Suela sagt kein Wort mehr und April sieht gebannt zu allen. Sofia kramt in einer Schublade und reicht ihnen einige Bilder. Sie gibt sie Camilla, Suela und Belinda sehen sie sich ebenfalls an, als Camilla ein leises, »das ist er, das ist der Mann. Ich werde diesen Anblick nie wieder vergessen«, stammelt, kann auch Belinda mehr erkennen.

Es sind Millisekunden, wo sich alles ändert.

Belinda springt auf und ringt nach Atem, nur damit sich alles zu drehen beginnt und April auch aufspringt und sie stützt. »Was ist los, Belinda, kennst du ihn?« Belinda reißt Camilla die Bilder aus den Händen, sie muss sich täuschen, doch auch jetzt lächelt ihr dieselbe Person vom Bild entgegen.

Sie bekommt keine Luft mehr, spürt nun auch Camillas Hände an sich, doch sie starrt weiter in das Gesicht des Mannes, der auf dem Friedhof ihrer Familia arbeitet. Der Mann, in den sich Alena verliebt hat und bei dem sie genau jetzt ist.

B. ist Benjamin und er hat Alena.

»Hol noch was zu trinken, Belinda was ist los?«

Belinda spürt wie ihre Wangen nass werden, doch sie ignoriert all das und greift nach ihrem Handy, dabei entfährt ihr nicht mehr als ein panisches Krächzen.

»Alena!«

Ab 15. November 2016 im Handel erhältlich

Entdecken Sie die ergreifende Welt von Jaliah J. ...

Das Schicksal hat viele Gesichter, es kann Gutes bringen oder sich deinen Plänen in den Weg stellen. Es ist kein Zufall, dass uns manche Menschen begegnen. Wir lernen und wachsen an unserem Schicksal. Es ist keine Frage, ob dich das Schicksal aufsuchen wird, sondern wie du dann damit umgehen wirst.
Für jeden Menschen stellt sich irgendwann die Frage ...

... Glaubst du an das Schicksal?

Hope hat einen steinigen Lebensweg hinter sich, ihr großer Halt und Mittelpunkt ihres Lebens ist ihr kleiner Sohn Liam. Sie arbeitet in einem großen Münchener Autohaus, wo sie eines Tages auf Mitglieder der arabischen Königsfamilie trifft. Zwischen Hope und dem Prinzen Farhan besteht sofort eine starke Anziehungskraft und Hope wird in eine traumhafte Märchenwelt getaucht. Es dauert aber nicht lange und sie bemerkt, dass es neben der Märchenwelt eine ganz andere gibt. Sie spürt das erste Mal die Macht der Religionen und unterschiedlichen Kulturen. Die Liebe, die zwischen Farhan und Hope aufblüht, darf nicht sein und es beginnt ein Kampf um die Liebe, bis sich die Frage stellt:

Wie hoch ist der Preis für die Liebe?

Im Handel erhältlich

| Startseite Deutsch | Die Bücher | Homepage English | Aktuelles und Kontakt zu Jaliah J. | Kontakt | Gästebuch |

Entdecken Sie die magische Welt von Jaliah J.

El Puerto - Der Hafen 3 Gefährliche Geheimnisse ab 15. Juli 2016 im Handel erhältlich.

follow me ...

Leserkommentare

„Jaliah schreibt leidenschaftlich und hingebungsvoll. Ich habe schon sehr viele Bücher gelesen, die ich richtig, richtig gut gefunden habe. Aber Jaliahs Story nehme ich ihr voll und ganz ab. Kaufe ihr das ab, was sie schreibt. Man hat bei der Lektüre das Gefühl, live dabei zu sein. Sich mitten im Geschehen zu befinden und man kann sich mit ihren Charakteren identifizieren. Man fiebert mit, will wissen wie es weiter geht und der „Süchtigkeitsfaktor" ist auf jeden Fall vorhanden! ;) Ich kann jedem der eine Reise nach Puerto Rico mit dem Kopf machen möchte, in eine neue Welt eintauchen will, den Zusammenhalt der Gangs und deren Familien spüren, das Buch weiter empfehlen!"

Jaliah J. ist eine junge Autorin, die mit ihrer Familie in Berlin lebt. Ihre Wurzeln sind in der ganzen Welt verstreut, doch ihr Herz schlägt für Puerto Rico.
Angefangen haben ihre ersten Schreibversuche in einigen Internetforen, wo sie schnell einige treue Leser ihrer Geschichten gefunden hat und es nicht mehr viele Schritte bis zum ersten Buch waren. Mittlerweile füllen viele Bücherregale die Werke der jungen Autorin und ihre Bücher sind regelmäßig in der Bestsellerliste von BOD vertreten.

Mit ihrer bekannten Llora por el amor - Reihe hat sie eine ganz neue Welt erschaffen, in die sich viele Hunderte junge Leser regelmäßig zurückziehen und alles um sich herum vergessen.

Es sind einige weitere Projekte geplant, so dass man auch in Zukunft noch viel von der jungen Autorin hören wird.

Tauchen auch sie ein in die faszinierende Bücherwelt.

"Diese junge Autorin schreibt mit ebenso viel Hemmungslosigkeit wie Konsequenz Liebesromane. Ich wünsche ihr einen langen erzählerischen Atem für sprudelnde Phantasie und mitreißende Fantasy."
Vito von Eichborn
(Vorwort zur Sonderausgabe zu Werwölfen, Vampiren und den Töchtern des Mondes)

Hope
*"Hope/Amal, die Geschichte zwischen einem christlichen Mädchen und einem arabischen Prinzen, war unglaublich mitreißend.
Die Persönlichkeit und das Handeln von Farhan (dem arabischen Prinzen) war mir völlig neu und extrem erfrischend.
Auch die liebenswerte Einführung in die Welt des Islam hat mich berührt.

Jaliah hat die Verbindung zwischen zwei Religionen in Form dieses Buches sehr schön dargestellt!!!

Die Geschichte ist mitreißend! Zusammengefasst: Ein tolles Buch mit einer zauberhaften Liebesgeschichte die es sich zu 100% zu lesen lohnt!"*

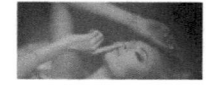

Jaliahs Interview mit BOD

www.jaliahj.de